勇敢踏上日文學習之路！

任何人
都是從菜鳥開始。

春小姐 著

衝撞現實之前，抱持浪漫之心，找到目標與動力，隨時出發都不算晚！

推薦序

桃李 SQHOOL主任教師／近三十年資深日語教師　森下直子

ハルさんに初めて会った時、もうきれいな日本語で自然な会話ができて、びっくりしたことを覚えています。この本を読んで、やはり並々ならぬ努力をされてきた結果だったかと、納得しました。

独学中に、教科書の厚さに気持ちがくじけそうになったり、自分の日本語が通じた時の嬉しい気持ちなど、今一生懸命勉強中の皆さんが読んだらきっとみんなうんうんとうなずきながら、自分と重ねて読み進めていくだろうと思いました。

また、これは日本語教師側にも読んでほしい本だと思いました。ほぼ独学のハルさんの経験ですが、常々思っていた「学習中の悩みは経験者に聞くのがいちばん」だという思いを新たにしました。もちろん教師は文法説明や学習方法のヒントを話すことはできますが、その苦しい思いや悩みに心から寄り添えるのは、同じ立場の学習者であると思うからです。私ももっと感度を上げて、学習者と向き合わなければと反省しました。そして、中国語の学習者でもありますので、ハルさんの勉強法「学習の習慣化」は本当にその通りだと、実行できていない自分を恥ずかしく思いつつ、たいへん勉強になりました。

後半のそれぞれの学習法は、簡潔明瞭且つ具体的でわかりやすいです。「近道はありません」、と日本語に長けたハルさんに言いきってもらえて、嬉しいです。そうなんです。語学学習には面倒なことがいっぱいありますが、基礎をしっかりインプットしないと「使う」ことはできません。「失敗」もまた必要な経験です。いっぱい間違えて、でもそのままにせず改善していくことで成長が感じられるんですね。

ハルさんが言うように、日本語学習ではなくどの道を選んでも、やはり地道な努力は必要だと思います。でも、ハルさんは「勉強したい！」という皆さんに、この本がいいよ、こんな方法があるよ、と「効率よく勉強する方法」を教えてくれています。

そして、周りの雑音に流されず自分を信じて進もう、と励ましてくれます。たくさん悩んで失敗を乗り越えてきたハルさんの言葉だから、きっとたくさんの人達の心に響くと思います。

日本語を勉強している人だけでなく、何かを成し遂げたいと思っているすべての人に読んでいただきたい本だと思います。

初次見到春小姐時，她已能以流暢而自然的日語進行對話，我還記得我很驚訝。而透過這本書，我深切感受並理解到她是經過不懈的努力才得到如此成果。自學過程中面對教科書的厚度感到灰心喪志、當自己的日語獲得認可時又充滿了喜悅等等的心情，我想，正在努力學習的人們讀到這本書，一定會一邊點頭一邊心有戚戚焉，並和自己感受重疊繼續閱讀下去。

另外，我認為這本書也適合日語教師閱讀。雖然春小姐是靠自學經驗，但也讓我更加堅信一直以來「在學習過程中，向有經驗的人請教是最好的」的想法。老師雖然能夠講解文法和學習方法的竅門，但真正能夠與學習者產生共鳴、深切體會其痛苦和煩惱的，恐怕只有處於相同學習者立場的人。我也反省自己應該更提高敏感度，更加關心學習者才對。同時，身為中文學習者的我，非常同意春小姐「養成學習習慣」的學習法，自己未能落實而感到慚愧，從本書中獲益良多。

書籍後半的各種學習方法都簡潔明瞭、具體易懂。聽到擅長日文的春小姐說日文學習「沒有捷徑」時我感到非常開心。因為正是這麼一回事。語言學習充滿了麻煩的事，不紮實地輸入基礎就無法使用。「失敗」也是必經之路。犯錯但不止步於此，而是不斷改進，才能感受到成長的喜悅。

如她所說，不光是日文學習，而是不論選擇什麼樣的道路都必須持之以恆的努力才行。但是她對於充滿著「想要學習」熱情的大家提供「這本書很好喔」、「還有這種方法喔」等效率的學習方式。並且鼓勵我們不受周遭雜音的干擾，堅信自己，勇往直前。正是因為經歷過許多煩惱、失敗的她所說，我相信她的文字肯定會深深觸動很多人的心靈。

這是一本不僅適合正在學習日語的人閱讀的書，也適合任何渴望取得成果的人閱讀的一本好書。

推薦序

桃李 SQHOOL 日本語研修中心 校長 ゆちゆ

猜你在書店架上偶然拿起這本，以為某網紅又出了粉絲向的日本遊學日記，當你準備放下前，又忍不住看了下一句。「讀完它，平凡的我也有機會扭轉現在無聊的人生。」如果你也討厭自己半途而廢的性格、或有注意力不集中的煩惱，務必給自己一個週末的時間，一起進入春小姐一千兩百天的大冒險。

我們是在本世紀最大災難新冠肺炎肆虐時認識的，當時她剛到大阪生活，也在社群寫起文章。疫情中花光存款留學，怎麼想都只有恐懼跟不安。這趟旅程究竟是為了逃避的自我滿足，或真能值回票價？不明所以的恐懼讓人陷入自我懷疑中感到焦慮。但越能忍受痛苦，就越是可能浴火重生。難受不堪時，試試她說的「狠狠地盤點自己」找出弱點，細心地選擇合適的工具，鎖定目標、大量練習，直到成功為止。

她是如何用三年從平凡的小資女躍升為人氣作家呢？我想「成功」並非複雜的算式，而是做對的事並堅持下去。「決心」是成就一切的關鍵，下定決心則需要勇氣。她在二十九歲時，迎來屬於她的豐盛。

看似落後其他人而感到不安，有可能只是你的時區尚未到來。前往夢想的路上或許孤獨，不妨透過這本猶如春天的文字筆記，給自己勇氣吧！

CONTENT

02

第二章　學完日文又怎樣？日常裡的日文練功。

03

第三章　柴米油鹽醬醋茶，在日生活好衝擊。

04

第四章　大公開！我學好日文的底層邏輯。

前言

「但是說到人生，不管是誰都是業餘新手啊。任何人都是第一次參加，人生這種事沒有什麼專業老手。就算偶爾有人自以為是專業老手，其實大家都是業餘者、新手。第一次參加比賽的新人，不要因為失敗而灰心喪志。」

——《ラッシュライフ》伊坂幸太郎

大學畢業後，覺得自己沒什麼專長，也沒想太多規劃，便栽進服務業，在百貨公司當櫃姐。透過業務性質的工作，才意識到這個世界之大，充滿了形形色色的人與角色。有大學教授，或在大型通路負責商品開發的人，也曾遇過跟我同齡就在外商擔任企劃的女孩，工作上也有表現比自己更為亮眼的同事。「他們看起來都過得比我好」，羨慕之情不禁讓我血淋淋地盤點，自己與他們到底有什麼不同？我也想要像他們那樣閃耀啊！

友情？打開通訊軟體的聊天視窗，上次跟朋友傳訊息，居然已經是兩個禮拜前。會提醒我降溫了、關心我穿得暖不暖的不是男友，而是各大服飾品牌的電子廣告信。職場？有雖然偶爾有不滿，但也還算可以，繼續這麼做也不是不行。愛情和職場一樣平淡，就連通勤走的路，也和高中時一模一樣。才意識到，二十五歲的自己和十八歲的自己，可能沒有絲毫差別。

但我會說，狠狠地盤點自己的這件事，大概是我做過的最對的一件事。

也許是神明降臨了吧。那天沒由來地想起高三升學考前跟同學借來的伊坂幸太郎的《ラッシュライフ》。書中的「大家都是業餘新手。第一次參加比賽的新人，不要因為失敗而灰心喪志」這段文字，如太陽一般，柔柔地灑進我陰沉幽暗的房間，抵達了我內心的深層世界。

那溫柔地陽光就像是在低語呢喃，輕輕地向我說，即使現在過得有點失敗、不滿意也沒有關係。只要願意，隨時都能過得豐盛閃耀。自己早就不再是過去太年輕、過於無知無能的自己。法律上、心靈上已經是完全行為能力人，只是願不願意？有沒有勇氣？

沒有任何人能阻擋你追求你所熱愛的人生，除了你自己。想用自己期待的生活型態、現在能力所及，能幻想到、憧憬的那般生活。不想過上羨慕人、對生活感到乏善可陳、雞肋且半調子的人生，那天我就許下「從今天開始我要好好做人」的宏願。我也走進書店，做了我一直想做的事——買日文教科書、自學日語。想著也許增強自己的能力、裝備自己就可以到另外一個地方去，然後就真的發生了。我確確實實地抵達了另外一個我未曾見過的領域與世界，遇到不同的人、認識不同的思想。

經歷過自學日語、沒有錢只好掙扎要不要去留學、痛苦學不會想要放棄、即使學會日語還是找不到喜歡的工作，這些看如暴風雨狂亂殘忍的過程，讓我逐漸意識到生命的深度與愛。那就是當你踏出了那一步，你就是準備好的。我會大膽預言，你已經準備好承受豐盛來襲。

即使這世界上愛你的人詆毀你、不支持你、看不起你，你都沒有義務說明你的選擇對他人有什麼意義。別人就會像是書上說的那樣，假裝是專業老手指點你、不看好你。在發生意外時嘲笑你。可是事實與本質就是，這個人生沒有一定要怎麼過的道理。

但你也不要忘記，若你有件很想完成的夢想，肯定、百分之百也會有一群人愛你、支持你、理解你，走在你的身邊說「我也曾經走上這一條路，我也曾經這麼孤獨徬徨，肯定有些人會挑戰你的信念、意志，可是他們並不知道，努力地活出自己想要的生命，從來就不是罪過。」

我自己也很意外學習日語到現在有幸獲得機會寫書。沒想過我會在電腦前敲下鍵盤，用文字告訴你這段話。不介意的話，讓我當第一個給你勇氣去追逐的人吧？

讓我成為那道陽光，那也曾經柔柔灑在我身上的陽光。

第一章

成為夢想中的自己之前，需要做的事。

1-1

不是因為有本事所以做，是做了所以有本事

大學畢業後，進到職場真的會讓人很慌張。就像一個人孤零零地被丟棄在偌大的城市裡。手裡沒有地圖，當然也沒有有導航，更慘的是還加上自己方向感、直覺特別差。即使你鼓起勇氣問別人，回答的都是模糊的，沒有正確答案。這大概就是我畢業後在職場上工作兩、三年的感想了吧。

和很多人一樣，我喜歡去日本旅遊，也喜愛日本文化跟流行。可能大學上過幾堂五十音的課、會用怪怪腔調說出美味しい、可愛い、ありがとう之類的單字跟句子。但當時也就是有興趣而已，壓根沒想過自己未來會用日語工作，也還沒開始準備學習日語。覺得現在工作還可以、公司對我也有很不錯的職涯規劃，薪資福利也非常滿意。趁年輕努力可以累積更多職場歷練，說不定有機會做管理

職、多存一點錢……之類的想法。就算想去日本打工度假，我也還年輕啊！之後還有很多年可以嘗試。

但是人就是很奇怪。即使看起來都很滿意，可我偏偏不喜歡、不熱愛、覺得不夠好。頭腦理性且現實地告訴我「這樣很好很好很不錯、工作擅長同事超讚根本求之不得」。可是三不五時，可能是放鬆下來蹲馬桶時，或是坐公車回家發呆時。盯著眼前的地板或車窗外的天空，內心浮現「好想去別的地方啊……好想要追逐自己喜愛的事物啊……」的想法。一方面被要求要穩定生活，一方面又被另一股潮流鼓勵去實現夢想，現代的年輕人就是這麼難當啊。

因為實在被這樣的自己煩得受不了，於是發了「從今天開始我要好好過」的願。因為喜歡，所以「想要把日文學好，得到一技之長，然後用日語工作。」在過去只是無聊說說被隨口帶過的話，自己也從沒有想過要實現的想法，居然到了要踏出第一步的時候了。但你知道嗎？第一步是最難的，會恐懼自己失敗而覺得羞愧。我當時便想說「好啊！既然這樣，那只要不要失敗就好了吧？」不知道哪來的簡單又粗暴的想法。但就是這麼簡單粗暴的想法成為了一種信念。而我們所恐懼的失敗，竟然也能成為力量。

我翻出在書櫃沾滿灰塵、得用擰乾的濕抹布擦拭，大學時期用的《大家的日本語》。確認五十音都還認得。再從N5的文法開始自學，身邊沒有學日文的同溫層，我就上 YouTube 找學習材料，用自己的方式理解日語。但你知道嗎？這個過程其實也是困難重重的。第一難，是踏出家門在書店挑書。可能會被「不知道該買哪本書欸」、「想想還是不要花這筆錢好了」之類的想法干擾。第二難，是看完網路評價後，還是不知道該買哪本，於是只好瞎買一本感覺不錯的，拿回家後開始坐在書桌前。第三難，是開始學習之後覺得自己根本學不會，怪書排版爛，就連書沒辦法一百八十度攤平都會想抱怨。還得自力更生想辦法解決自己在學習上的問題，再來最難的就是堅持與專注。

剛開始學日文沒多久，男友騎車載我回家時問：「既然妳想把日文學好，想去留學，也早晚都要去，為什麼不現在就去？」我又把腦袋告訴我的理性與顧慮跟他說一遍，就是累積職場經驗、擁有存款、我還沒準備好等等理由。他反問我，那想不想做服務業到三十歲？將來要不要繼續待在這個產業？不然為什麼要累積這段經驗？被問句連環砲轟的我一時語塞，腦袋卻茅塞頓開。

我覺得生命裡有很多這種寶貴時刻，我自己幫它取名叫「神明降臨的時刻」。就像是日劇中，男女主角相遇，加上粉紅濾鏡，時間變得緩慢的浪漫畫面，可以覺察到隱藏在現有思路背面的另外一條路。那比原先想的更有趣、有更多可能。他跟我很不一樣，我從小到大喜歡嘗試、四處摸索，所以什麼都懂一點，卻實際上什麼也都不懂。所以我學日語、學韓語、還學過法語，打工時還曾學過沖咖啡、茶道、精油，經常三分鐘熱度。他則是一個很專注的人，單單一項技能把他鍛鍊得精實，學完了再往其他地方進修。因此，我從他身上學到如何「做個專注的人」。

對什麼都學一點、毫無專業的我來說，「專注」儼然成為了眼下最嚴峻的問題。我很清楚自己「想要做一個專注的人，不想再像過去的人生一樣做什麼都半調子了」。我高中時，很喜歡向街友買大誌雜誌，還會把喜歡的文章剪貼放在資料夾整理，比如 001 刊號訪問張懸的《愚人世代》我就有收藏。開始自學日語後，我習慣把從網路上找來的資料印出來，並用資料夾整理。某次資料夾不夠用，想著先把家中的資料夾整理整理，挪出空的來用。卻意外收到過去的自己穿越時光傳來的訊息。資料夾的某頁，夾著我六年前買的雜誌，是日本女星蒼井優接受大誌雜誌採訪的一段話：「抱持夢想雖然重要，但是希望能更去想明天的事，可見的未來的事。把現在能做的事做到最好；把每一天的生活過到最好；如此一來，心底的不安就會消逝。別好高騖遠，請把眼前的事情，細心地一件件累積起來吧。」我看到時，懊惱地掉下了眼淚。

想改變自己愛做夢、好高騖遠這件事並不容易。又或著更準確地說，想要不失去的改變不能算是改變。

而要從哪裡獲得勇氣跟信念堅持下去？那就是「時間」了，除了花時間別無他法。信念是從付出的時間中生長澆灌而誕生的。我很喜歡的一句話，大概是這麼說：「人一旦知道有回報就會去努力。努力若有成果，就會加倍努力。」我就是那個嚐到甜頭不願意放棄、繼續努力的人。查詢著日檢成績，心臟緊張地撲通撲通跳的我，在房間興奮地亂跳尖叫。在二〇一九年七月，大概花半年的時間自學的我，Ｎ３合格了！忍不住打開房門走到姊姊身邊，亮出手機螢幕：「欸！我合格了唷。」再走到廚房：「媽！我合格了喔」還走到客廳：「爸！我合格了喔！」對所有人都說了一次。

當我回頭看，才意識到改變少不了必然的犧牲與捨去。捨去下班後跟朋友出去吃宵夜的時間、減少本來假日會跟朋友去咖啡廳吃美食、拍美照的時間。取而代之的是週末坐在咖啡店八個小時，連店員都知道我喜歡喝什麼了。也不再在通勤時玩手遊或滑Instagram，坐上捷運就是打開ＮＨＫ聽新聞廣播和背單字。

我本以為自己就是個天生沒本事的人，按照慣例我絕對會半途而廢。但當我起身行動，才知道越做越有本事，越學越有能耐。終於驗證了那句很魯夫式的台詞：「既然這樣，那只要不要失敗就好了吧？」

考完日檢的七月我申請特休到上海旅遊。原先在同個業務單位的後輩也剛好離開公司，並在上海一家訂製西裝的荷蘭商實習。身為地陪的她，帶我走過那些上海必看的風景，比如外灘、南京東路、豫園等等。旅遊書上都說「上海是個魔都」。剛開始我不懂，一直到我和朋友走在夜晚外灘，面向黃浦江，看著炫彩奪目的高樓，以及高樓牆面上快速閃動著的廣告時，新舊交錯、傳統與現代衝擊、以及那些西方列強駐足過的證明。再望向寬大的街道上，與建築物對比起來顯得渺小的人們，我強烈地感受到這個城市的魔力，深深地感受到世界洪流經過我腳下，而我不停地想要往前。是我在人生中第一次深刻地、清楚明白地意識到世界之於自己之大，渺小的人們俯首皆是。我有多努力奮鬥、有多渺小、有多寂寞都不作數。那刻痛徹心扉的了解，為追逐求之不得的夢想的奮鬥與寂寞，所有人都是一樣的。

就在回台灣後上班的第一天，我跟主管說我想去日本所以想離職。主管反問我為什麼？我腦袋轉了一圈卻不知該如何從頭解釋。我該說因為我男友說、還是因為我看了伊坂幸太郎的小說？還是我去了上海感受到魔力、或是因為我有很魯夫式的台詞。又或者是因為過去的我用雜誌跟我說蒼井優說，還是因為我打開房門走到客廳跟我爸說我合格了？

過去的積累、發生的一切都是必然且具有意義。

迄今為止的我，就如一頭沉默不需被鞭打的獸，背負著重物一直走，一直到忽然看見了遙遠且遼闊的草原，跑了起來，就快脫韁。即使前方只有令人感到激動的荒蕪與未知，這頭獸也要奮力跳躍，躍進山崩地裂的另一頭。在這看似平淡無奇的日常，迎來了故事的起點，而我也正逐漸理解一切，關於「我想要怎麼生活」這件事。

1-2

準備好接受現實撞擊

不知道你喜不喜歡看科幻片？我很喜歡。尤其是當宇宙飛船、太空艙之類的飛行器遭受到外部攻擊時，艙內駕駛之類的角色，總是會用盡力氣、呼喊所有人繫好安全帶。機器發出紅色警示燈及規律地讓人不耐煩的警示音，說出那句我很喜歡的台詞「準備好接受撞擊」。我也不知道為什麼我喜歡這句台詞，就是聽到這句話的時候，好像真的可以準備好接受……接受接下來可能會讓人生死未卜的意外事件。

而我沒錢。這就是我接受的現實撞擊。打開存款簿。上面數字讓人覺得自己工作三年真是可悲，居然還不夠任何一間學校的初期費用。我利用下班時間去諮詢日本語言學校的代辦，還用假日參加了不少語言學校的說明會。從大學開設的一年期、兩年期語言學校、查到大型教育機構開辦的語言學校。什麼學費多少錢、初期費用要多少，關東關西的城市房租差多少、水電費多少、每個月的伙食、要交什麼文件與證明……等等，都查了一次。越查就越覺得，我是不是要放棄？

我對著在看電視的爸媽說：「爸、媽，我想要去日本短期留學。然後回來想要做日文相關的工作，啊學校、費用什麼的我都查好了。」個性簡單到不行的我，就是想得那麼樂觀跟天兵。我媽呢？她是天蠍座A型。簡直天生就是操縱型神奇寶貝，對於什麼事都是操心、控制狂的樣子。高中時如果說要跟朋友出去玩，就會被她問說「那你們怎麼去？」「坐火車去吧。」「坐什麼火車？」我聽到往往滿頭問號，「就……火車啊？」她就會開始詳細說明她為什麼要問那麼詳細，而我通常會開始失去耐性敷衍她，更有甚者就是交什麼朋友、要遠離什麼朋友、不要穿什麼衣服、頭髮要怎麼綁等等。她二十三歲就結婚生孩子，而二十三歲的我，是個有個出國留學夢的屁孩。她三十歲時生下排行老三的我、三十二歲生下我弟弟，生四胎的她才去做結紮手術。就這樣一路跟爸爸拼命養孩子三十年。某天她忽然進到我房間，半開玩笑的跟我說：「我要學習不操心，我操心三十年了。」我笑說：「對啊，媽。妳的心臟要累死了。」

聽到女兒這突如其來的消息，我爸坐在沙發椅上，看著我不發一語搖了搖頭。不知道是不是在想「女兒養那麼大，她說不工作了要去日本唸書。」這種會在喝酒後用台語大聲發表的切心言論。我坐在沙發上，看著爸媽說：「可是我想借錢。」一面對現實的那種羞愧感，會讓人想像古裝劇裡面那樣，做出跪下大喊「爹、娘！女兒不孝！女兒無能啊！」誇張的戲劇性動作來掩飾。本來想，要是爸媽沒辦法借的話就去銀行找資料，申請助學貸款。但我三生有幸生在充滿支持與開放的家庭，父母沒有指著我鼻子罵長這麼大了還跟父母借錢，也沒有說要好好穩定下來的話。只說了一句：「妳的人生是妳自己的。妳要自己承擔與做決定。」最後我從父母那借了一筆無限期免收利息的學費。

以為解決資金問題，然後向公司提出離職後就能輕鬆一點。沒想到等待離職日的日子卻受到最多質疑。這就是第二次現實的撞擊，大多數人都不看好我。而我就像意圖逃離會場的人，卻在最後一秒被聚光燈抓住，被人拿著麥克風詢問到底為什麼要去日本？是不是傻子？回想起來便覺得，鼓勵人們去追求夢想的這個世界真是偽善。這樣拉扯的惡意不像一把能將人身首異處的大斧，而是像一根細針，光憑別人無心的三言兩語也能將心扎得千瘡百孔。

我曾學過一個和製英語叫做「スルースキル」，這一詞通常會出現在人際關係相關的文章中。スルースキル的日文意思是「無視・聞き流すことのできる能力のこと」簡單直譯的話就是「經過的技巧」。意指當我們聽見他人帶有情緒地對自己說話、或是刻意激起情緒時，我們能夠把感受到的情緒部分「流過心中」，讓情緒成為一台過站不停的巴士。只需留下客觀事實，讓自己專注在眼下的狀況，而非他人的情緒。不管是學生時代、還是進入社會，總是會遇見那些我稱為「情緒散佈機」的人，他們通常一味地將自己的羨慕、厭煩、嫉妒、貶低、自卑等情緒四處散佈。比如今天心情不好就酸言酸語的同學、訕笑你太年輕的主管等等。

遞出辭呈時，我曾敬重的前輩曾語帶調侃問：「妳什麼時候那麼喜歡日本，我都不知道欸。」這時候我也能半開玩笑地說：「對啊！你怎麼都不知道啦！」把對方讓人不舒適的情緒「經過」，千萬不要去招手讓巴士停下來。剛開始我也常常失敗，也曾因為別人的抱怨心情低落。後來才逐漸理解每個人都需要為自己的情緒負責，而不是由我來處理他人的情緒廚餘。重要的是「意識與覺察」情緒的來去、簡化周遭的人給的負面能量。

也曾有同事問：「妳學完回來之後要做什麼？」「不怕未來日文相關工作被AI取代嗎？」言下之意就是：「學日語這件事，值得妳投資那麼多嗎？」是吧？光是簡單的問句就夠讓人心酸。因為事實是我也不知道答案，我也不知前方會有什麼等著我。「我也不知道欸。」我說。他們往往會瞪大眼睛感覺荒謬地說：「妳也不知道嗎？」是的，我也不知道。但我一定要知道才可以做嗎？

他人會期待你是先知、知道你自己在做什麼、得有所交代，一想到風險就焦慮得失去熱情。可拓荒者不知道沙漠盡頭是否有寶藏、科學家不知道宇宙是否無限，他只管獨自跨上他的馬出發，或狂熱地驗證與計算。愛因斯坦曾說：「能被計算的，不一定重要；重要的事，不一定能被計算。」而當時的我，就是這麼一回事。

別人眼裡的我，就是一個學習日語的瘋子。不是科班生、又是超級菜鳥，沒事發什麼神經去日本留學，還說以後要用日文工作？太瘋狂又太多地方值得吐槽，更成為了他人茶餘飯後的話題。正式離職後，我一邊等待學校開學一邊準備日檢N2，還一邊打工存錢。想起來，那半年就像是我生命中美好的「季節限定」，從職場枷鎖中釋放、擁有大把的時間，也不需要介意社群上的評價。可以嘗試花四小時自己揉麵團發酵、烤甜甜圈；能花八個小時專心唸書，沒人會發訊息給我說工作上有什麼問題。經歷過了那段讓我感到難受的前置過程，才能開始品嚐這美味的，屬於我的選擇帶來的季節限定。

可是感覺喜悅的另一面，也感覺緊張與焦慮。來自於沒有人會陪我等麵團發酵、也沒有人能聽我分享學會的喜悅；來自於我攤開N2檢定文法書的第一頁就忍不住抱怨，對著三百多頁的檢定書籍感到崩潰。「神啊，確定這只是剛開始嗎？」我把書翻了又翻。那種感覺就像獨自一人坐進了別人都叫我別買、不實用的小車，握緊方向盤獨自行駛在夜晚的山路上。沒有路牌指引、沒有前車的車尾燈，只有夜空中閃耀的星光能成為寂寞的安慰。

如同先前開頭說的那樣，離開學生時代進入職場後，就不會知道接下來的路是怎麼回事。我也能選擇大多數人選的那條路線、鋪好的道路，不需要想得太多、也不需要擔心，這樣一來總會到某個說起來還不算太差的地方。但問題從不在於如何走到那，而在於走到那之後。因為我們不得不問「接下來呢？」而感到崩潰。總之我不打算走那條大家都走的路。但我也會邊開車邊想要不要掉頭，會邊開邊想自己是不是走不出去？或最終衝出護欄、車身撞毀、橫死路邊？

面對恐懼的方式是把音樂調大，在車上放一首愛歌壯膽。身邊彷彿有個副駕跟我說「繫好安全帶，準備好接受撞擊。」宇宙絕不會辜負專注於探索要過什麼生活的人，彷彿在跟我說：「妳會活下來的。」

1-3

變成八十歲的老婆婆時可以拿出來炫耀的事

人生最大危機！我居然忘記報名年底的日檢！

一個小小失誤就打亂了我的計畫。本來想著年底考完N2再出發去語言學校，可以更好的學習跟融入日本生活。而我察覺我沒報名檢定考試那天，正是報名截止的隔一天。這就是一件像車拋錨在山路上，沒半個人也沒道路救援那樣令人心慌的慘事。因為平常給人幹練精明、完美主義的形象，要我說出這件事，對我來說是多麼羞辱的事啊！我都辭職了，頭都洗下去了啊！總而言之，我拿出手機走出打工地點門外，坐在門口旁的階梯上。撥通男友的手機號碼，緩慢地說出連我也害怕的事：「我……我沒有報名到日檢。」他聲音聽起來滿是問號，一直問怎麼會這樣？不說還好，一說我就像座水庫，因承受不了壓力而潰堤。「我忘記了，我不知道為什麼但我就是忘記了……沒有人會比我瞎了……」說這句話的時候哭得滿臉鼻涕。我責罵著自己的愚蠢，他一邊安慰我卻也沒忘記說教。反正這小小的拋錨事件讓我記取了教訓——生活中就是會有這種意想不到的瞎事發生，這件事也成為了我日後的笑柄。朋友總是說：「這聽起來不像是會發生在妳身上的事情，所以發生了就好好笑。」現在看來，這件事攻擊性不大，但侮辱性極強（笑）。而且沒報考到這件事實在太蠢，有偶包的我，在我留學、考到N1、找到工作之後，才對朋友說出口。

換來這半年的自由當然不能浪費。不是工作就是泡在跟日本相關的一切中。從電影《百元之戀》、《橫道世之介》、《墊底辣妹》，到日劇《凪的新生活》、《求婚大作戰》，甚至是動漫《刀劍神域》、《命運石之門》。當時我也很喜歡看《惡魔蛙男》、《俺物語》之類的漫畫，還會冒雨搭車到家中附近僅存的租書店租書。從殺人懸疑、校園愛情、魔幻戰鬥都看，雜食地輸入與日本相關的一切。甚至下載一個叫做「hellotalk」的語言學習 app，每天用學到的文法寫日記，讓好心的日本網友幫我訂正文法。每天早上九點起床，沒有安排打工的話十點讀日文到晚上七點半。回家吃飯洗澡，再打開電視或漫畫，除了教科書就是這些。因為跟家人住，我姊看到我這樣都覺得膩，嚷著：「又是日文喔。」但規律的生活能使人養成自我督促的紀律，直到現在我都還記得那種規律的能力，能帶給人實打實的自信。

凌晨五點，推著這輩子用過最大的行李箱。裡頭塞了在日本要穿的衣服、現金、台灣零食跟泡麵、隱形眼鏡、眼藥水、常備藥等等。我爸幫我把行李箱放進後車廂，問我：「東西都帶了嗎？」這句話突然讓我覺得很不真實。「要出發了欸，真的要去留學了欸！」我心想著，點點頭說都帶了。冬天天亮的慢，爸爸行駛在西濱快速道路往桃園機場的路上。我先前去日本都是在下雨天走西濱，這次也不例外。我不是很喜歡西濱，因為這是條令我感到不安的路。除了車燈能照亮前方之外，可說是伸手不見五指。從車窗看出去只有一望無際的黑暗，左側沒有民宅，也沒有燈火，而右側我想是海洋吧。第一次走西濱的時候，我問我爸：「爸，右邊那是海嗎？」因為雨聲很大，我問了兩次。他點頭：「嗯，是海喔。」那也是我第一次意識到，原來海是這麼黑暗且令人恐懼的，尤其在下雨的冬日，更顯得犀利令人害怕。被這種黑暗包圍的當下，我忍不住抓緊自己的機票與護照。心中祈求飛機一定要起飛才行。

不善言辭的爸爸幫我把行李拿下車交給我，費了很大的力氣似地擠出「去日本要好好照顧自己喔」這樣關心的話。「會啦！不要擔心！」我推著行李點了點頭，就趕快轉過頭去。沒想到電影中演的，背對父母趕快過海關的畫面都不是假的，是真的會忍不住想哭出來啊。一想到一路上遇到的質疑、無條件支持我的父母，就會忍不住地想放聲大叫「你們看！我就說我會飛出去吧！」好讓那些聲音閉嘴。

時隔多年踏上日本，看著陌生又熟悉的關西空港，忙碌的旅人們、機場的廣播與公告，刺激我全身的細胞，全身細胞緊繃而充滿精神，從機場外吹進來的冷冽強風吹紅了我的雙頰。一個人拖著黑色的行李箱，我在巴士站買了前往奈良的客運車票。沒有事前過多的調查、完全看得懂的日語公告、聽得懂的日語廣播，我的心情激動得難以言語。驗票的司機是位大約五十歲的日本伯伯，他看我在等車，問我要去哪裡呢？我說要去奈良。他說：「那可以上車囉，因為是自由座。請選擇自己喜歡的位置坐下就可以了。」或許因為我都聽得懂，此時心裡莫名地激動不已。我把黑色行李箱交給他，選了一個靠窗的位子坐下。

巴士駛離關西機場的那一瞬間，這個叫做「日本」的國家，被稱為日出之地的國家的太陽光，穿過了烏雲，選擇照耀在我的身上。而空氣像是被染成金黃色的一般，海面也波光粼粼地閃耀著。我忍不住在心裡說「是太陽喲。我真的到了喔。」並在只有我一位乘客的巴士上大哭。

從二〇一九年年初開始，我每到休假日就在咖啡廳坐滿八小時、在工作結束後的通勤路上背單字。離開工作半年，每天都是另類折磨。生活過得滿足嗎？是否有按照自己的計劃往前呢？就連沒看書在休息的時候，我也會在心裡對自己嚴厲的說：「千萬不可以失敗喔，失敗了就功虧一簣了。」就算失敗時大家可能會安慰我，那也不過是場面話而已。

「好難受、好不甘心」這類的思緒常常湧現，經歷了這麼多掙扎，終於在此刻換來了看到平凡的太陽也會被感動的瞬間。因為沒有被自己擊敗，現在才得以卸下長時間的緊繃武裝，並擁抱自己說：「妳真了不起啊！真的好了不起啊！」這輩子做到了一件能讓自己激動喊出「我辦到了！」的事喔！是件可以在變成八十歲的老婆婆的時候，拿出來炫耀的事喔！

1-4

適應留學生活的速度，取決於面對現實的速度

高速巴士經由天理市下交流道後正式進入奈良市區，那是我落腳日本的第一站。我拉開背包客棧的日式大門，說是「大門」著實有點太抬舉了，因為連行李都得打直才進得去。窄小的玄關只夠讓我一個人通過，我探頭望向客廳溫馨的掛燈和桌爐，客棧主人馬上親切地用英語跟我打招呼。我鼓起勇氣用日文說「可以跟我說日文唷」。她便更加親切地用日文跟我說明，並介紹我的床位。

費盡九牛二虎之力才把將近十公斤的行李推上民宅二樓，沒錯是「推上」而不是「拿上」，因為古民宅的樓梯實在太窄了，我把行李靠著下方樓梯跟自己的肩膀慢慢地推上二樓。在我將行李放在床旁打開後，便開始擔心選擇這裡是一個愚蠢的決定。開始心煩退房時自己一個人可能搬不下去、太辛苦。光是把行李放

在榻榻米上，都會不禁想是不是會破個洞掉到一樓交誼廳？

除了被古色古香的裝潢與外觀吸引之外，重點是它每張床位有配備獨立閱讀燈、隱私窗簾。也許是因為日劇跟電影看太多，我時常幻想夜深人靜時打開床位內的閱讀燈的樣子。事後我也找了一天照做，我盤起腿坐在靠近閱讀燈的位置，拿開日記本整理入學前的雜亂心情。其實也沒寫什麼，只是照著幻想中的憧憬的一幕去做，做完後便心滿意足地、覺得有點羞恥地跌進柔軟的床鋪裡沉沉睡去。一直到清晨五點忽然醒來。打開閱讀燈，盡力不要製造聲響、悄悄地打開床邊的小木窗。趴著望向街區寧靜且無光。下意識地關掉閱讀燈，翻身仰躺，透過木窗開的小縫望向遙遠的星空。冬日清晨中靛藍星空一望無際，安靜得只剩下我的呼吸聲。而呼吸聲讓孤獨感變得更加清晰。

如果說留學會遇到什麼困難？如何獨處絕對是一大課題。我們需事先理解，孤獨是清楚明白意識個體的一種狀態，而寂寞是一種心癢難耐且混亂的情緒。孤獨的人將會聽見自己的真實，寂寞的人卻什麼也聽不見。與孤獨處好的人能與自己對話，說得具體一些就像能和心中另一個「我」進行長篇對話。這些對話是自省也是治癒。而寂寞的人無法安慰自己，容易引發不安與焦慮，情緒思想變得混亂甚至是感覺被世界丟棄。

我第一次鼓起勇氣用日文向超商店員說「不需要塑膠袋」時，覺得自己的心跳聲音大得像敲鑼打鼓，走出便利超商時還忍不住摸了手腕測量脈搏，摸了之後忍不住笑出來。告白時的脈搏可能都沒那麼快。還有次是去郵局買郵票，上網查了好多次「我要買郵票」該怎麼說才不會錯。順利買到郵票後，踏出郵局門的那瞬間，心裏有一股很想喊出「我好厲害！」的衝動。

相信我，克服恐懼並沒有什麼華麗的技巧。只是在心中不斷安撫自己「被罵也沒關係吧」、「說得怪怪的也沒關係」，在做對時大方鼓勵自己。重點中的重點就是「自己」安慰「自己」而不是別人。因為知道擔憂與害怕，接受與理解後才能做出正確的回饋。用一次次確實的迷你挑戰組織出全新的自己。

住在民宿的第三天晚上，鼓起勇氣從行李箱拿出巧克力口味的義美小泡芙，跟幾個歐美人交了朋友，這是我第一次在背包客棧跟陌生人交朋友。在那之前我只是個內向不太敢說話的台灣人。這次交談中，我認識來自荷蘭的兄弟、還有從馬達斯加、丹麥等國家來的旅人。閒聊間被問到會在日本待多久？我用很破的英文說：「會在這裡學習日文，待上一陣子才回去。」那對荷蘭兄弟鼓勵我：「所以……妳會中文、英文、日語、台語，妳是四合一的。要為自己感覺到驕傲。」事後想想，當下看似偶然的對談都會在日後成為勇氣糧食。

在憧憬的閱讀燈下小床位渡過幾個晚上後，我將行李箱收好並靠在肩膀上「扛下」狹窄的樓梯。再將行李打直，克難地拉開那日式狹窄的門，看起來很克難，但我卻已沒那麼想抱怨了。而我隨身行李上多了在奈良旅遊時，去有「初始之地」之稱——橿原神宮的心願成就御守、日記本則裡多了張參拜時抽的大吉籤。

也許一個人的時候容易焦慮，也讓人容易放棄。但就像是《牧羊少年的奇幻之旅》書中寫的那般「當你真心渴望某樣東西時，整個宇宙都會聯合起來幫助你完成。」曾有人說這句話是販賣夢想的人才說的陳腔濫調，但我覺得那肯定是那人沒體會過「真心渴望」是什麼。只有經歷過的人才願意相信，我所渴望的都已經預備好了，宇宙只管給予無限祝福、帶來好運。這並不是什麼怪力亂神的事，總是意識著自己的聲音，便能清楚地引領自己，會告訴自己「不管發生什麼，我總是會找到方法的。」

要說到留學時最印象深刻的就是分配宿舍了。按每個人經濟狀況不同，能選擇的宿舍就不太一樣。有的人會選擇單間、有的則是多人一間。根據語言學校不同也會有不同的住宿方案。我選擇的學校則是不分這些，一律都是兩人一間。因此運氣就很重要了。留學時要面對學習壓力、還有新環境的壓力。有許多需要克服與適應之處。若室友是很難相處的人就是雪上加霜。出地鐵站後我便一直祈禱「神啊！拜託了！室友一定要是個愛乾淨人美心善的女生。」還好室友不僅好相處，也很懂禮貌。後來我們也成為在留學時互相幫助的朋友。

現在語言學校提供的方案相當多元，但基本上都能按自己求學的目的來選擇合適的方案。不考慮大學生交換留學的案例、及其他特殊案例的話，我認為可以非常粗略地分成兩種。一種是有在日升學需求，另一種則是短期語言技能進修。有升學需求的留學生通常是會選擇一年制、兩年制的語言學校，最後在日本就讀大學、專門學校、研究所，或是求職。也有另外一種留學方式是短期間、高強度的語學課程，進修後在日求職或回台找工作。

我是就是屬以「希望短期語言進修，之後可以用日語工作」為目標的人。所以選擇語言學校時，「能在短時間內讓語言突飛猛進的課程」就會比較獲得青睞。絕對沒有一年制的語言學校效果好、或是「短期留學」不算留學這樣的說法。我也聽過這類言論、或網路上的評論說這都是鍍金……等。對於這些來路不明的話，我給你的建議是一律「聽聽就好」。後來我才了解到這些言論是多數人選擇忽略動機跟選擇，而只看事物表象的結果。學習環境終究是加成，努力與否才是決定性關鍵。

短期進修對於在職場上累積一定年資，或不希望職涯中斷太長的人更有彈性。一天密集上六、七小時的課程剛開始是會有點吃不消。每天的作息，是八點起床吃早餐、九點抵達教室。早上老師會教文法、單字等。中午約有一小時休息時間，下午則是大量的口說練習。相較讀、寫，口說對台灣留學生來說很有挑戰。要能組織文法與單字、並正確輸出自己的想法，需要一段時間的積累才看得見進步。

前兩週也會花比較多時間在適應全日語環境，如果第一天能聽懂三成，那兩週後大概可以聽懂六、七成的內容。我認為適應日語環境的速度，完全取決於有多快「面對現實、做出反應」。越能夠快速調整的人，能更輕鬆地接受現狀。如果只是想「好難」、「我好像不做不來」讓潛意識排斥在日本生活的話，會覺得留學生活很辛苦也過得相當難受。那時班上也有同學低落到只想請假不上課，但也有人能消化壓力成長快速、讓在日本的生活有很好的體驗。完全取決與個人的心境如何面對。要是光在不安與焦慮、寂寞中度過留學生活，不就虧大了嗎？很有可能什麼都沒能鼓起勇氣體驗，就無疾而終唷。

1-5
日本留學經驗在求職上加分嗎？

明明在台灣也可把日文學好，還有必要去日本留學嗎？這個問題肯定也困擾過你吧？在我決定去留學之前，除了像要精進日語、體驗日本生活等的原因，影響我去留學的還有求職網站上的條件。當時還在百貨公司當櫃姐的我正考慮轉職，轉職前便在人力銀行網站上，逛了不少有興趣且需要用到日文的職缺。除了基本的日文證照，我總會看到一句「有在日工作經驗佳、有日本留學經驗佳、有在日生活經驗者佳」的附註，這也更催化了我前往留學的速度。對於看到紙本履歷的人資專員、主管來說，在日時間的長短、讀什麼學校也會是他們考量的因素之一。

我在上一節也有提到，留學型態基本上可粗略地分成「在日就讀語言學校升大學、研究所」以及「短期語言技能進修」兩種，因為每個人能夠且想要的留學型態不同，也造就了在日經歷不同的個人差異。這樣的個人差異，會在工作選擇上呈現出顯著區別。但讓我用上述兩種留學方式的不同去比較哪種更加分的話？按照我的求職經驗、以及身邊聽來的案例，若去讀語言學校，跟去日本讀大學、研究所的人是不能類比的。因為這兩種類型的留學生，在求職方向、產業都會有很大的差異。每種產業、工作類型需求的日語能力也不同。

我接觸到的在台日商中，對日語程度的要求有很大的差異。比方A公司主管更看重工作上的業務力，認為日文進公司久了就會變流利。B公司則因為業務需求，除了要求日文口說流暢，還很看重對方在日本待多久、習不習慣日本職場文化……等。但如果假定在日本待得久的人就等同於語言能力更好、且更熟悉日本環境的話，那麼後者能選擇的工作職缺無疑更加多元。留學經歷個人差異，在求職選擇上絕對會有顯著的不同。即使我明白在日本時間長短不完全會影響外語能力強弱。但面試最現實就是那張紙本簡歷，那就是門票。

記得我短期留學結業後，剛好是疫情最嚴重的二〇二〇年。原先預計同年七月能順利取得日檢N1的證照順利求職。卻沒想到因疫情，主辦方決定全世界規模性都停辦。對當時的我來說，去留學回來卻沒有拿到 JLPT N1 的證照，可說是雪上加霜。在正式公佈停辦前，我甚至寫信給主辦方，希望不要停辦，由此可知我有多重視那次的考試了。然而，我的熱情跟執著不敵疫情，當年的日檢還是停辦了。後來我報名了 J-TEST 實用日本語檢定及BJT商用日語檢定。用這兩張證照、加上留學經驗到人資市場上競爭。

在競爭過程中，我逐漸理解到我的履歷有多麼不好看，沒有JLPT證照這張基本門票就算了，還不是日文系畢業。只有在語言學校短期進修過，那又能代表什麼呢？那也是我大學畢業之後，在求職上第一次碰壁。事後，我也嘗試進行檢討與自我突破。在無數次的面試經驗中，也認知到並確定了一件事——若有兩名求職者都有日檢N1的證照、其他條件也相同，有留學經驗的求職者，毫無疑問絕對有加分。

1-6

浪費時間是一生中最美好的事

在經歷過經濟現實的考量與衝擊、親朋好友充滿擔心的質疑。現在回頭看，出發去留學之前也不全都是狗屁倒灶的事，說不定是讓我人生昇華的最佳時刻。

當時同齡的年輕人大多都在拼命工作賺錢、符合社會期待，而我在別人眼裡絕對是在浪費時間。可很難想像的是「浪費時間」對我來說也是一大挑戰，因為我曾是個非常熱愛工作的人。至少在別人眼裡是這裡說的「熱愛」，並不是我真的樂在其中，而是我誤以為我熱愛。一直到我停下瘋狂的工作狀態，我才知道這並沒有什麼值得熱愛與燃燒。而是社會枷鎖與期待，讓我感覺似乎需要表現得我熱愛它才行。

畢業後為工作獻身的這幾年，的確是從中獲得成就感。曾經愛面子的我也需要這樣的光環與肯定，才能感受到自身價值。不管是主管還是同事都對我的工作能力讚譽有佳，這件事真的太讓人滿足了，把自己打造成萬能的工作狂，不知道要怎麼樣才能不工作？

更加恐怖的是身邊充滿了與我相同、過度努力的年輕人。當時在百貨公司擔任櫃姐的我，隔三差五都會聽到哪個門市分店的人得到尿道炎。說起來荒謬，可是要是還沒得過的話真的會認不住驚呼：「欸！她還沒得過尿道炎欸！好厲害！」多數人以為櫃姐的工作很輕鬆又不知進取，但事實上這份工作不像表面一樣簡單。除了要服務客人的情緒勞動，也有相應的業績壓力。管理進銷存、練習接待技巧、整理客人資料、打給客人做售後關心等等族繁不及備載，是需要具備細節與觀察力的職業。尤其對形象要求嚴格的品牌，在門市人員的訓練上也會加倍嚴謹、標準也更高。

離職時，業務主管貼心地做了精美獎牌送我，方型、透明的壓克力板中，夾著一張薄薄的印刷紙。用美麗的手寫字體記錄我在這份職務上的戰果，上面幾個大大的字寫著「無可取代獎」。獎牌代表榮耀的反面也如同詛咒，彷彿寄宿了工作上努力過頭的意念。我想，並不是那份工作不好。而是過度努力證明自己的自己，我很討厭罷了。好像每個人生命中都要過上一段很爛的時候，像被惡靈附體或中邪，老把自己的生活搞得一團糟，父母、朋友苦口婆心勸也沒用，這爛到不行的生活就像我迷戀的前男友。就算爛到掉渣，我還是愛他。我就是不相信有什麼更好的生活與未來。我恐懼，這如果就是最好版本的我了怎麼辦？

「為工作獻身」絕對稱不上誇飾，只是把自己弄爛的好聽說法。曾因工作壓力賀爾蒙失調而滿臉爛痘、不定期的尿道炎、肩頸僵硬到耳朵不定期抽痛，中醫師看到我，馬上幫我放血拔罐，並狠狠訓斥了一頓。我才相信網路上盛傳的那句「精神崩潰的最初徵兆，就是堅信自己的工作非常非常重要。」我正在崩潰的一步寸前。看著鏡中滿臉爛痘、哭喪著臉的另一個我，我問：「嘿，妳為什麼把自己折磨得不成人形？」我第一次知道，工作真的能毀掉一個人。

而工作的崩潰讓我的生活就像經歷了一次瀕死體驗。在快缺氧窒息、失去意識之前。我聽見來自心中的微弱呼喚，她伸手將我拉出海面。我看見另一個自己邊抱怨好重、粗魯且沒好氣地把我拖上沙灘。躺在冰冷細軟的沙灘上，望著暗夜中海面月光粼粼、繁星綻放閃耀。喘了好大一口氣，才敢放聲大哭滿臉鼻涕地喊：「我差一點就死掉了！」另一個我說：「還好，我們活著回來了。」沒有爛過的人生就稱不上人生，而只要死過一次就不怕魔鬼。

回想起來，這些五味雜陳，都是組成現在的我的一部分。從中理解生命的意義並不如我所想的單一僵化，努力工作滿足社會期待、結婚生子……諸如此類。這段留學前的時光，是我生命中美好的時光之一。即使看起來無所事事、旁人不理解也無所謂。並不用努力工作向旁人證明誰是無可取代，我的存在本身就無可取代。

最後工作日回家的當天晚上，我不是因為憂鬱而擔憂心煩，一想到「有大把時間可以嘗試」就躍躍欲試興奮地睡不著覺。熬夜策劃了半年的日檢讀書計畫、還邊找離家近、有彈性兼職工作。一週七天的時間，安排了約三天的打工。其他時間則拿來經營社群、準備日檢和留學。

當時在打工地方認識了一個奇特的女孩。她留著一頭黑長髮、眼睛相當深邃、氣質相當空靈。講起話來輕輕地很溫柔。她告訴我，自從大學畢業後都一直是在打工。我好奇問她：「妳不會想說要找正職的工作嗎？畢竟沒有正職工作總覺得職涯沒有什麼成長。」她說：「嗯……我覺得我不需要那麼多錢呀！太多的工作，我也會覺得生活壓力很大。」因為很喜歡植物跟森林，她特別在陽明山上租了間小套房，還養了貓，我甚至開始懷疑她是個貨真價實的女巫了。因為喜歡每天早上醒來霧氣繚繞的感受，就算往返打工地點需要上山下山不方便，她也無所謂。我問：「來回通勤要多久啊？」才知道這女孩真的太了不起了，居然都走路上下班。當時工作的地點在芝山捷運站附近。下山一趟少說要四十分鐘吧？「慢慢地享受時間散步爬上去也不錯呀！」她說。

以前的我大概會覺得這人有病吧？現在則佩服這些有勇氣不活在世俗眼光下的人。因為一直很懷疑這樣的生活真的好嗎？後來和她變得比較熟了之後，我問她：「所以妳很滿意現在的生活嗎？」她很肯定地告訴我說：「我很喜歡現在這樣的生活。」即使沒有很多錢、有點不方便。

打工地點是個相當漂亮的茶店，專賣水果乾等禮盒的複合式概念店。加上剛開幕，所以沒有什麼客人。我和她兩人經常做完店內的事，除了裝忙和擦灰塵就沒事做了。兩個人常常跟店貓玩，要不就修剪、整理店內店外的植物。當時候的老闆喜歡買書，茶店也有很多書櫃。所以常靠在櫃檯看書，當時最愛的一本書叫做《情緒之書》，書裡面寫了上百種的情緒描述。從考古學、使用方式等角度來解釋。慢下來的時光中，彷彿身體的感官都打開似的，腦袋變得清晰、更加專注於眼前。

那時我迷上一部叫做《凪的新生活》的日劇。劇名原文為《凪のお暇》，「お暇」有從任務中解放、辭去、休息的語感在裡頭。相比中文「新生活」這個翻譯，「お暇」更能體會到閒散的語感。女主角凪，丟掉讓人喘不過氣的過去，展開新的生活、有了全新體驗。她沒想過居然能有時間享受在洗衣店等待衣服洗好的時光，聽著洗衣機叩隆叩隆的滾動聲。人都需要學會浪費時光的美好，偉大的哲學家羅素，曾說過類似下面這樣的一段話：「如果浪費時間卻很幸福，那麼就算不上浪費。」浪費時間，絕對是一生中最美好的事。

COLUMN

日劇裡肯定會出現的那隻鍋子——雪平鍋

如果你一個人生活在日本的話，一定要買一款單手鍋。那就是鼎鼎大名「雪平鍋」。在日本大概沒有人不知道這鍋子吧？日本家庭一定會有的鍋子，方便煮麵、煮粥、煮湯、汆燙、油炸……等，總之一鍋抵十鍋。鍋身、把手呈現水平線，且通常是鋁製的。鍋身打上一種叫做「槌目（つちめ）」的凹凸花紋，像是雪花一般，因此有了雪平鍋的這樣的美名。

據說日本人使用這樣的鋁製鍋具已有千年的歷史，過去是職人用手一個一個將紋路敲打出來。這種錘紋據說能增加鍋具的耐用度、並且還能加速導熱效率。

因此不只是日本家庭，講求速度的路邊餐館也大量使用雪平鍋來製作餐點。雖然鋁製鍋具在市面上有不少質疑聲，但日本人還是離不開這樣便宜、耐用的便利鍋具。當然也延伸出像是不鏽鋼、銅製的雪平鍋供選擇。可謂是一人生活的必備品。最常見的尺寸大概是十四公分左右，完全是為了一人生活而設計的。

丟進北海道產的利尻昆布，再加入一點點日式醬油，就可迅速煮出一碗不輸店家的湯底。加入烏龍麵、一些豬肉、青菜、青蔥，就能快速解決晚餐。不用十五分鐘就能快速煮好，所以是我在日本生活的好幫手。再加點蒜泥或是柚子胡椒泥、甚至是五味粉，就能把湯頭昇華到另外一個層次！而且還不用多洗碗，懶惰如我都是直接用雪平鍋吃飯的呢。

第二章

學完日文又怎樣？日常裡的日文練功。

2-1

用日文到底能做什麼工作？

學日文後，都認為自己要用日文工作，但實際上、具體要做什麼類型的工作？其實沒有仔細想過。在世俗社會跟前，比起問「想做什麼？」更喜歡問「能做什麼？」因此，很多日文學習者、日文系畢業的學生，在逛人力銀行的求職欄位資訊時，發現自己其實「不能」時，就像是原本以為的職涯路線脫軌要撞上月台那樣慌張。求學時期我也與多數人相同，在透過大人的有色眼鏡下決定、或是不能以足夠的資訊來協助做出選擇。下決定的剎那間，充滿未知的路線無限地蔓延於不同的時空中。接下來該怎麼走？誰也不知道怎麼樣才是最正確的。可是若拉長至五年、十年、甚至是二十年的跨度，每個選擇似乎就能被賦予神聖意義。一個人是如何被組織，如何成為現在的樣子，絕非偶然。

我大學不是讀日文系，而是在南部某間國立科大就讀文化創意產業系。和普通高中不同，高職是按照自己的專業科目來報考大學。比如機械學群就會去就讀機械工程系。我就讀的文化創意產業系，包含了商業與管理學群和設計學群。只要高職讀的科系屬於這兩種學群的學生都可以報考。我高職其實是唸經濟、會計的，但當時是個自視甚高的小屁孩，心想：「會計？太簡單了啦！」大學想唸點別的。於是就沒聽父母的話，報考了文化創意產業系。

這個系所的學科混合了文學、設計、商業，像是一鍋大雜燴。我們有堂必修課是「兒童文學」，第一堂課老師就要求大家設計一則笑話。還有一堂選修課是「武俠文學」，老師說考試要考怎麼下戰帖，甚至還在上課時傳授劍法。總之聽起來非常胡搞瞎搞就對了。大學時我曾協助教授一起舉辦影展，甚至還選修過易經，那門課的期末考題是一道申論題，題目是「小明該不該離職？」請同學卜卦並寫下理由。我大學實習的工作是青少年劇團的平面設計，畢業專題是以台灣公娼為主題的平面雜誌創作……其他還有像是影展策劃實務、平面設計、攝影等五花八門的課程。聽起來是不是很雜不知道在幹嘛？

有些厲害的同學在學生時期就能接平面設計、插畫案。也有很早就進入社群、影音領域，從事剪輯、企劃。也有同學畢業後在麵包店先夾了一年的麵包、在健身房當客服、考公務員的都有。而我畢業後，就到當時兼職的公司擔任品牌助理。幫品牌規劃一些門市活動、做平面設計等。不到與所學無關，但回想當時的我，其實不太知道自己正在做什麼。只是不想回台北住家裡罷了。如果問多年後的我，回到過去還會不會讀同樣的系所？答案大概會是「我真後悔當初沒聽爸媽的話」，然而，在當時那個狀態下的自己，所能選擇的大概還是一樣，那是我已知的最好選擇。所有的生命都有一段必然的進程，並且會使人不可避免地經歷。

發現自己不想在一個小品牌做企劃這件事，大概是二〇一七年的秋天。那年的台南很熱，老闆正在籌備全新的手搖飲料品牌。從選店鋪、取店名、飲料名稱、原物料、攝影等，全公司約大概六個人，忙得不可開交。老闆為了慰勞大家，在公司一樓的空地吃中秋烤肉。一邊咬著手上自己烤好的肉、喝著汽水，跟同事瞎聊，還能看著高掛的明月，嗅聞隨著晚風拂來的青草香。在充滿競爭感的城市所沒有，這種小企業才有的親密感，實在讓人捨不得。後來決定回台北找更有制度與發展的公司，想得到薪水更好的工作，才進到服務業當保養品櫃姐。與小公司身兼多職不同，這時候的工作，有著較為詳細的分工與程序要遵守。才知道一直以來自己就是個井底之蛙。

工作上手後第二年後半，不知道是因為沉重的壓力讓人感到厭倦，又或是與高中時通勤的城市風景重疊所導致？在日復一日的捷運上，我想起高中時看的那本日本懸疑推理小說。這也成為了我前面提到的「神明降臨的時刻」，我想在我身上發生的所有，都是為了這個時刻。開始聽日本搖滾樂、閱讀那本改變我生命的小說、大學在學校學過五十音，甚至我寫的那題易經課的期末考題都是。那時候我才理解，原來「選擇」是這麼一回事啊。過去賦予了現在意義。後面的故事你也知道了，我到日本短期進修結束後，便回到台灣找工作。

不過「回台灣找工作」這五個字說起來簡單，卻是充滿了質疑與自我挑戰的過程。當時疫情剛爆發沒多久，整個社會彌漫著沉重的壓力、緊張的氛圍。除了大環境影響，導致就業狀況不明朗之外，日文檢定也因為疫情所以停辦，讓我連一張像樣的證照都沒有。投了幾次履歷沒收到任何回覆後，我才意識到光會日文，有去留過學也沒屁用。無法證明自己的日文能力能夠應用在哪些地方，對公司來說根本就算不上是戰力，不過是個還需要人看顧的雛鳥罷了。

回到學日文能做什麼這個問題，因為能做的實在是太多了。所以這個問題不是「學日文能做什麼」，而是「除了日文我能做什麼？」日文可以帶給我與中文截然不同的景色與工作經歷嗎？一想到日文，多數人首先會想到翻譯相關的職缺吧？若是想做翻譯，據我的了解是需要認識出版社人脈，或在大學時期就曾經和業內人士接洽過。因為翻譯是講求信任的工作，通常業內更喜歡透過介紹的譯者，也比較能夠得到長期案源。因此，這個看起來和日文十分相關的工作，不僅僧多粥少，也需要一定的門檻與敲門磚。於是，翻譯這項工作，反而是最快被我刪除的選項。

於是我想，那我還會什麼呢？大學時做過雜誌、做過非營利組織的平面設計、還做過品牌企劃助理。也許能擔任日本品牌的企劃人員？我還做過保養品的業務，也許能嘗試做外語業務？想歸想，最後我卻是先到台灣某間相當具有規模的實體零售商，擔任用不到日文的採購助理。因此若是想要找到合適自己、且能使用日文的工作，不應該從日文出發，而是要從不是日文的地方開始，從過去的其他經驗去檢視，那才是能勝出其他人、具有價值的地方。說到底，日文終究是工具，冀望用工具來做職涯選擇是愚蠢的。不要用日文來限制自己、而要用日文來擴張。

2-2

從日本回來的第一年，我領的薪水是兩萬八

從日本回來的那年，我領的薪水是兩萬八，這樣的事實肯定會讓當初看衰我的人笑出來。並且獲得「看看妳，還是沒改變嘛！還過得比以前差。」這樣的恥笑吧？因為疫情考不到證照、就算去學日文但業界經驗不足的我、非科班出生、學歷也不夠漂亮，因此在求職上四處碰壁。實不相瞞，去留學前我想得太簡單了，腦中邏輯迴路如下：去日本唸書↓日文變好↓考到日文證照↓找到可以用日文的工作↓結案。我就是一個不管幹什麼事情都抱持著「先做再說，之後總會有辦法」的信念，靠直覺生活的人。雖然這種個性經常搞砸很多事，但也很容易突破生命的疆界。因此我退而求其次，決定先去賺點經驗再跳槽。

對於找工作毫無頭緒的我，連絡上關係不錯的大學同學。當時她在台灣某間

知名藥局做零售採購。聽到她講述了這份工作可以看上百件不同商品、與廠商談判的有趣之處，以及計算毛利成本等行政庶務的無趣之處。當時的我覺得：「這看起來不錯耶！就從這裡開始吧？」如果因為不知道自己能做什麼便什麼都不做，可能真的會成為當初的我所厭惡的自己。最後我選擇去實體零售商擔任飾品採購助理，也算是滿足了上述條件。的確就是所謂的「退而求其次」。當時的我沒有什麼像樣的技能，只能告訴自己不如意的結果是正常的。「人生不就是充滿了一連串的意外嗎？」我這樣安慰自己。在助理生涯邁入第二個月時，某次因新商品的開發需求，被主管問：「妳會日文對吧？」進而被指派了蒐集新產品資料的工作。就算這件事只是日常工作的極小部分，卻讓我印象深刻，我深刻感受到第一次用日文工作的喜悅。

一邊等待疫情消退、一邊做採購助理工作的我，利用下班時間寫了不少版本的日文履歷，做過不少次日文面試練習。透過人力銀行聯絡上仲介公司時，仲介會請日本人幫你測驗日文能力，要你在電話中用日文自我介紹、回答一些基礎問題，包括興趣、自己的優缺點……等。當時，我緊張得手心瘋狂出汗，電話面談結束後，我收到一長串的制式表格，需要用日文寫下詳盡的工作經歷、自我介紹、志願動機等等，必須在約定時間內交給仲介。

當時的我用羅馬拼音打出五十音的速度實在令人不敢恭維，更遑論寫出一篇自我介紹。周遭沒有任何老師、同溫層、日文系的朋友可以求助。我真的就是「一個人」在做這件事，當時的狀況也讓我明白，大概到了某些年紀後，曾經親密的人就會遠去。因為際遇不同，人與人的視野也逐漸不再重疊。正是這個鬱悶得說不出口的年紀，光聽到他人的憂鬱就感到不安，一想到要想說出自己內心的心煩意亂，也害怕他人對自己感到失望。我在日記裡是這樣描述那段日子的：「要習慣籠罩的黑夜、要習慣他的漫長與寒冷。千萬不要期待月光照拂、不要期待繁星照耀與指引。」感覺必須蹲得很低很低，只能靜默地等候與積累，並期待可以躍起的瞬間。我曾在無數的夜晚裡因為自己能力不足而掉眼淚。但我清楚地知道一件事：「一旦停下來的話，我就會隨便找個理由放棄目標。」所以我不敢停下來，只能一直努力想辦法找到突破口。

當時，朋友推薦我看由京都動畫製作的《吹響吧！上低音號》。這是一部講述高中生為了參加管樂全國大賽而努力的故事。我很喜歡女主角久美子，看似迷糊隨和的角色，在劇中使用的樂器是相對低調且不起眼的上低音號。久美子會選這種不起眼的樂器，當初只是因為這是別人挑剩的。她的心態是「雖然沒有特別想要選這個，但也沒有特別想選別的，那就選這個吧！」一直到看到同社團的學姊努力練習，才意識到自己「真的很想贏」，開始努力練習、備賽。她在太陽底下練習到脫水、流鼻血，卻還是被指導老師說不夠好，一口否定叫她這段不要吹了。回家的路上，她在宇治橋上一邊哭著奔跑，說著「想要吹得更好（うまくなりたい）」，她體會到了「好不甘心，不甘心得快要死了」的心情，這段劇情也成為了《吹響吧！上低音號》的名場面，也是所有劇迷看到就必哭的場景。看到這一幕時，我也在電視前放聲大哭。至今為止擺出吊兒郎當態度面對生活的我，有努力嗎？有努力到不甘心的快要死了嗎？那是求職時，我最常問自己的事。

當時的我，不知道有什麼方法可以解決眼下遇到的困難。我只能透過 Google 搜尋的結果與書籍來學習。想去日商，除了理解日本人要求的面試禮儀、流程之外，還需要準備符合規格且完整詳盡的履歷書、自我PR、自我介紹、日文證照等。

為了寫出像樣的自己PR跟自我介紹，我利用的網站資源包括了日本的マイナビ、エン転職、doda 等。日本在求職方面的資源，相對台灣非常豐富多元。可以透過上述網站的範例文章來去理解書寫時的構成與重點。比方說，自我介紹需要包含目前所屬公司、畢業學校、職涯簡歷、應徵動機，要盡可能的簡單扼要。而自己PR，翻譯成中文的話就是「自我推薦」，要說明自己的優缺點跟強項，會需要在內容中加入實際數據，比如業績數據、工作優化多少小時等，或是加入小故事，來說明自己的能力跟擅長的事。

除了人力仲介公司，我也自己嘗試投了不少日文相關的職缺。為了想去的公司，我每一次都會修改作品集，甚至做了五、六個版本的履歷。第一個月時，我的履歷真的寫得很爛，但還是選擇提起勇氣，按下投遞履歷的按鈕。我查過、看過上百篇敬語該如何正確使用的文章，甚至是日文面試禮儀的影片，也透過亞馬遜購買了日本商用單字書。用土法煉鋼的方式，來學習如何當個日本人認可的社會人。我在很多時候都感到相當灰心，不停問自己，「這樣真的可以嗎？」但一想到日本人也不是生下來就會講敬語，不是一生下來就會寫履歷時，就覺得有希望可以做到。後來我想了想，覺得自己一定得按下第一個求職按鈕才行。如果沒有捨棄完美主義的自己，拿出半成品就投遞履歷的話，我現在大概不會在這裡。

求職邁入第二個月時，我明顯感覺到自己的用字遣詞變得更加成熟。剛開始連促音的小っ都不知道怎麼用羅馬拼音打，用電腦鍵盤敲出五十音的速度也快了許多。但寫日文履歷並不是最辛苦的，而是爭取見上一面的面試機會，得接受不停地被拒絕的過程。唯一讓我感覺神在幫我的事，大概是那年在台灣舉辦了全球唯一一場日文檢定。收到日檢證書後，我在找工作順利上很多。每一次面試前，我都會對著鏡子練習自我介紹，我會寫下我覺得面試官會問的問題，並先預想回答，寫在紙上、梳理過一次。以免被問到時不知所措。畢竟要在腦袋中迅速組織日文，把日文說出口並非易事，除了練習沒有別的方法。

在求職過程中，我體認到，日商除了比台商更重視應徵動機外，最大的不同就是「面試的次數」。當時面試了廣告公司的企劃職缺，在台灣公司面試兩次就算多，但在日商卻常遇到面試超過三、四次的情況。從人資、小主管、大主管、跨部門同仁，都面試過了一輪，流程也都差不多，通常會先要求以日文自我介紹、自己ＰＲ、說明應徵動機、期待是什麼等等。要注意的是，按照公司性質，公司對穿著的要求也不同，有的公司會要求穿正裝、正式的黑色包頭鞋，有的則比較休閒。經歷不少感覺面試過程暢談、感覺順利，卻還是沒有收到錄取信的案例。即使是這樣也不要太灰心，很有可能只是雙方對於工作期待理解不同而已。

在這一次次的面試過程中，原先以為日語能力會是最先要求的我也發現，其實是根據不同工作性質來要求日語能力的，並非絕對。即使沒辦法一下子流暢地切換謙讓語、尊敬語，只要能掌握禮貌語（丁寧形）、不妨礙日常溝通與理解的使用，就不用擔心。每次面試實戰後，我會再把當天面試感覺說得不夠好的地方做修正跟檢討。日文表現不太順暢的地方重新潤飾一次。這時候跟上一次面試不同、新的自己就誕生了。因此如果失敗的話不要灰心喪志啊！

在那段改履歷、練日文的日子，對我來說實際上每天都是煉獄般的挑戰。最後我拿到彩妝品牌、行銷廣告商、食品企業、電商平台……等的不少面試機會，也收到了錄取信成功轉職。現在與日本廠商溝通交涉成了日常生活，也揮別了那少得可憐的兩萬八薪水。總之我想對你說的事是，覺得很慘的時候，想想我吧？在疫情剛開始經濟緊縮、失業率升高的時候求職，遇上日檢停考停擺了半年。最後我還是找到工作了。當時的我，盡我所能努力到「輸掉的話，會哭出來不甘心」的程度了吧。

2-3

從學習到實用，職場就是日文修煉場

「去年熱銷的○○，今年什麼時候會有新花色呢？可不可以提供新花色的上架日程呢？」工作開始熟悉後，主管開始請我寫信聯繫日本廠商。第一個就是上述的問題，我當時腦袋一片空白。無法從腦袋中的日文記憶庫找出能用的字，要是可以在十秒內在腦袋中將這個句子完整建構的話，我敢說那個人的商用日文完全沒問題。其實這些問題都是零售業的日常，追著廠商的出貨日程、可否提供商品清單、尺寸規格表等等。那猜猜看我花了多久才寫好這一封信呢？明明是那麼簡單的問題，我卻寫了快一小時。

對著在空白欄位上的打字線發呆，我該用什麼稱謂來稱呼對方？可是……不知道對方叫什麼名字，到底該怎麼寫？開頭該怎麼寫？那結尾又怎麼辦？完全沒有範例可以參考。該使用哪一個商用單字才可以正確表達我想問的問題？日文文法是不是正確無誤？書信格式是否符合等等，都讓我非常在意。更加瘋狂的是當時我的主管不會日文，所以信一旦寄出去就是寄出去了，根本無法檢視到底有沒有錯。好不容易得到這份工作的我，更不可能坦白地說「我不會寫。」愛面子的我努力奮鬥一小時後，按下了寄出。寄出去之前大概檢查了三次，雖然我覺得這個檢查根本沒意義，只是焦慮而產生的自我安慰行為就是了。因為我自己也不知道對不對，檢查有什麼意義？寄出的五分鐘後，我便收到日方的回信。在日本某個地方，有某個素未謀面的人，在電腦前點開我的信，閱讀並理解意思後快速地回覆我。雖然沒有人在意、也沒有人為這樣無所謂的成功給予掌聲鼓勵，這對他人而言就是一件理所當然的事。但我深深地意識到自己和過去有很大的不同，看著客戶的回信開心地笑了。

接下來的三個月，只要上班就是寫信地獄。因為一封正式商用信都沒寫過，即使讀過不少商用信的範例，但根本沒有掌握商用信件的祕訣跟結構，剛開始就只能模仿。主管通常會請我寫封信問日本廠商各種問題。比方說我曾經寫過「這款不鏽鋼保溫杯的內層跟外層是不是 316 不鏽鋼？」這類的信件。像這樣的問題，就必須先確認日本是不是也有 316 不鏽鋼、304 不鏽鋼這種說法？查過之後才知道，日本實際上會寫 SUS316、SUS304，而不是直翻 316 ステンレス。除了這些問題之外，還有像是授權商品台灣是否可以販售、也會有交涉價格，甚至是要簽合約，所以必須解釋公司與集團的投資關係等更複雜的信件。

實際上使用日文工作後，會發現自己在商用日文的詞彙太少。日常中不會使用或甚至沒看過的單字層出不窮，所有能用中文說出來的單字，比方「交期」、「促銷活動」、「下廣告」等，都得用日文表示。我每天都花很多時間在研究這些中文常用的詞，用日文到底要怎麼表達？我也想了很多方式來增進自己的詞彙量，除了在網路上閱讀商用新聞之外，也曾透過網路平台上日籍外師的高階日語課程，後來我發現書店是找答案的最佳場所。同時我也察覺到台灣出版社也許是因為考量到市場規模大小，較少針對高階日語學習者的書籍。因此要找到完整且實用的商用日文書籍其實非常困難。我曾在台灣的書店翻閱過不少日文商用書信的書，不是出版時間太久遠不符合時下工作模式，就是在排版設計上不易閱讀、不適合自學與練習。後來發現，除了像是誠品、博客來、墊腳石這類的本土書店之外，也能逛逛像是淳久堂、紀伊國屋、蔦屋書店等來自日本的書店。高階日文學習需求，或是商用學習需求，在這幾家日本書店中都可以找到更多選擇。

比如從事資訊業的人，就能夠買到從資訊業界視角出發的商用日文書籍，內容會環繞著資訊業日常會使用到的單字、概念，在日本有非常多針對不同業種推出的商用書籍，比如針對業務、文書行政等的專用書，甚至還有基本的電話禮儀、日文書信中該怎麼催別人回信才不會顯得失禮等，針對不同狀況所需的日文。包含連接詞該怎麼使用、日文該怎麼用會更優雅等，有非常多精采、有趣且實用的專門書籍，可以針對自己目前在職場上遇到的困難去選擇，如果是單字量太少，也有商用單字字典，字典裡除了中文還有英文、越南文，針對想要融入日本職場的人來設計，這些都是中文書籍沒有的，後來只要有機會到日本，不管是旅遊還是出差，我都一定會繞去書店的「ビジネス」專區看看日本人現在都在學什麼。如果沒有去日本，也會上日本Amazon買書，也從過去「用中文學日文」切換為「用日文學日文」的方式來更廣泛、有彈性的學習。

雖然在職場上有時還是會因為不知道該怎麼翻出相對的日文而苦惱，但我還是認為這樣的學習很自由，也讓人感覺到輕鬆、快樂。最棒的是再也不需要像過去準備日檢那樣學得有規矩、系統、死背，只需要學習自己需要的部分。不管是網路上的文章、還是書本中的某幾頁重點、甚至是串流影音平台上的短影片都可以。過去在學習日文時，會很注重系統、基礎的建立。我並不是指基礎建立不重要，而是當建立了一定的知識基礎，並進入活用、實戰的階段時，就該從傳統系統學習中解放。資訊爆炸的時代就該用資訊爆炸的方式來學習。將散落在生活中記憶中的各種學習碎片連結起來，我認為這種累積自己的知識量、建構自己的學習方式，在職場上是相當有幫助的。

例如平時在和日本廠商溝通的信件中，我也會從對方的信件回覆格式、組織句子的方式來研究為什麼他們這樣使用，擷取那些在意的段落或用法，並隨手記下來。換到我寫信時，我也會學日本顧客的用法。而人是否能夠找到、看到那些所謂「在意的段落」，便來自平時累積的知識基礎。如果在沒有任何基礎和一定的知識，就無法判讀重要性以及特殊性，就像請一個日文初學者來看商用信一樣，根本不知道哪裡是重點、哪裡與平常使用的方式不同，不具備提出問題的知識，那些學習碎片就真的只能是碎片，永遠無法得到連結和活用。

開始用日文在職場上工作時，不管是蒐集資料的能力，還是整理資訊、解讀吸收的能力都是很強大的武器，也是應該具備的能力。這些我所遇到的困難，使我整理出一套理解邏輯和學習能力。我走過的這條路，就像是幫腦袋經歷一場巨大的改寫與編程。

2-4

工作現場：兩種不同系統的碰撞

在我還沒開始跟日本人工作前，我跟絕大多數的台灣人一樣，都對日本人有種莫名其妙的幻想和憧憬。可能是受到日劇影響，總覺得日本人就是很注重細節、為他人著想、嚴謹認真等這類的好印象。但開始工作之後就會很清楚的意識到，我們是兩種不同系統培養出的社會人，從根本上的思考邏輯就有很大的差別。

日本是相當注重規定和符合標準的社會，多數情況下他們不做規定之外的事。不做規定之外的事，指的是工作上，我經常會覺得好像他們沒努力多做什麼，但也沒覺得他們少做什麼。只要符合標準就行了，因為多做、少做都會需要為自己特立獨行負責。整個社會風氣、大多數人的工作態度，在我接觸過不少廠商後，感覺是「原來日本人是按照腳本工作的啊！」說好聽一些就是因為他們慎重，說得不好聽一些就是太死板了。在萬事萬物千變萬化的現今社會，和日本公司接觸的大多數經歷是——每個案子都需要做好「最少三個月，起碼六個月，最快也要一年」的心理準備。光是一個細微的改變，可能就要花上兩三個禮拜，因為決策環境的變化快得讓他們追趕不上。

說到這，就不得不提到我跟A公司合作的過程了。這個合作案的負責人我都叫他佐藤先生，大致的內容是，A公司希望他們的商品可以在台灣販售。針對這個合作案，就有合作模式、物流、金流等細節要討論。我印象最深刻的就是，佐藤先生雖然已經是主管了，但他上面還有主管要請示、上面的大人物也沒辦法給出肯定答覆，即使跟這項業務一點關係也沒有，還要跟再更上面的人再請示才行，正因為日本企業的決策文化是層層請示，共同負責之後才有結果，每次合作就比其他國家更花時間。

當時我們對於金流和貨款結帳方式有爭議，第一次我問他「為什麼不能月結呢？」得到「公司會計說不行」這樣的答案。結果接下來的一個月，都在針對帳款的結帳時間做交涉。後來實在是忍不住，只好逼問他「可以告訴我堅持不要月結的理由嗎？」我雖然沒有得到答案，但兩個禮拜之後，便收到「可以月結了」的信件。當下真的是萬分後悔沒有一點早點問。當然也針對合作模式、物流問題分別討論了相當長的時間。因為也有和韓國廠商來往的經驗，比較後就發現，和日本人做生意就像是簽下結婚契約，跟韓國廠商做生意則是兩情相悅的一夜情。韓國廠商相對簡單得多，一手交錢一手交貨，沒有想那麼多。當然凡事都有一體兩面，但不管是哪一種，遵守規矩、按照標準的好處是，日本客戶基本上總能不拖延地協助我們處理各種疑難雜症。合作多年，我從沒看過廠商訂單出錯或寄錯東西。相較其他國家的客戶，這是多麼神奇的一件事啊！認真嚴謹的態度著實讓人肅然起敬。當然在日本的終身雇用制、年功序列制度下，其實也養出不少懶惰怕麻煩的職場態度，三不五時請假、工作隨便亂做的人也不少。也算是打破我一開始對日本人的片面想法。越接觸就越覺得，什麼國家都是一樣米養百樣人。

我對日本職場，還有「壓力很大」的刻板印象。有位負責保健食品開發的朋友曾跟我分享，她有一款特別針對耳鳴開發的日常保健品，說「這種功能只會在日本有市場」。因為日本人壓力過大，非常容易頭痛、耳鳴。雖然日本人的社畜形象，這幾年隨著越來越多年輕人加入企業而有所改變，但還是難逃上班族在東京電車上擠沙丁魚那令人窒息的景象，一週還能聽到三次（甚至以上）人身事故（有人跳軌）的廣播，每次聽到我總會不寒而慄，沒想到這廣播居然是日本上班族日常生活的環境音。

近幾年日本也致力於改善職場環境，從工作為主的生活，漸漸地移轉到更意識到要取得平衡，多放一些時間在家庭、興趣的生活。前幾年的爆紅日劇《我要準時下班》中，就有一句引起日本年輕世代共鳴的話，「沒有一份工作，偉大到需要你貢獻整個人生。」若把視野都放在職場上，就只能培養出狹小的心胸。心上只有工作的位置，許多人覺得這樣並沒有什麼不好，不是很有上進心嗎？但我認為其實大大相反，那就像是把雞蛋放在同一個籃子裡，在活一種風險很高的人生。畢竟如果在職涯上遇到重大挫折，好像你的價值就不復存在了，長久以來一直引以為傲、重視的地方消失的話，人要怎麼活下去呢？我感覺到日本也正慢慢地改變。

日本職場上也有許多我觀察到覺得很好的文化。第一個就是「打招呼」文化。進到公司、學校，不管熟不熟，遇到了、見到面，最重要的就是打招呼，一進公司就要說「早安」這個習慣，在台灣職場並不是常態，在不少公司裡，就算遇到同事，不說早安其實也不會怎麼樣。但說「早安」是一種表達「自己注意到對方，並且接受對方存在」的一種意識。有精神的打招呼也能讓彼此用好心情開始一天的工作。另外一個是我覺得很特別的事，台灣人被要求九點到班，可能八點五十五分才到。在日本時也被叮嚀過，九點上班大概八點四十五分就要到店內準備。利用十五分鐘的時間確認服裝儀容，也讓自己準備好進到工作狀態。後來也漸漸地養成稍微提前時間到班的習慣。

最讓我印象深刻的是，有位非常用心的職場前輩，會記得組內同事的生日。聯繫組員、用心準備蛋糕給壽星驚喜，也會準備小禮物跟卡片，在公開場合表達工作上的感謝，會說出「跟大家工作我感覺很幸福」的話。非常重視人與人之間的關係、界線、禮數是否足夠，甚或說是儀式感，都是我在日本工作時感受到的美好小事。

COLUMN

關於日本的辣味二三事

生在四面環海、自然資源豐富的寶島台灣，我一直以為生辣椒這種東西到處都買得到，畢竟台灣主婦可以用盆栽在陽台種出來的東西，應該不難買吧？直到我去日本留學，才知道辣椒這種東西，在日本可是稀世珍寶，沒看過生辣椒的日本人也不少。要是在超市看到我總是會多買，一包裡大概會有八、九隻辣椒，買兩包就會有十幾隻辣椒。只要稍微清洗過後再用廚房紙巾擦乾，放在保鮮盒後冰在冷凍庫就可以防止發霉，還可以保鮮。在日本生活的時候，總是會很忍不住學習這些廚房小知識。

如果在超市買到，還會拿到房間炫耀：「欸！我今天有買到生辣椒喔！」同學都會投以羨慕的眼光，「那妳賣我一隻吧？」忍不住這樣跟我說。畢竟台灣菜也用了不少生辣椒來提香，不管是要醃小黃瓜、滷肉、炒客家小炒，只要加辣椒就會讓人止不住的想吃。天然的辛辣香氣，一聞到就讓人垂涎三尺、飢腸轆轆。事實上，「辣」並不是一種味覺，而是一種觸覺。辣造成的些微痛感，會刺激大腦釋放腦內啡，而腦內啡是讓大腦感覺快樂的物質，比如墜入愛河時的粉紅泡泡就是腦內啡的傑作。所以吃辣很容易上癮，就像我們會想談戀愛那般。不過日本人對這種痛覺耐受性比較差，甚至有「亞洲最不耐辣國家」的這種稱號。

辣椒是來自南美洲的茄科植物，喜歡溫暖、多濕的生長環境，而且不耐低溫，太冷的話，辣椒種子很難發芽。因此相對寒冷的日本自然就不太會有用辣椒入菜的作法。但辣椒傳入日本後，也有像是「唐辛子五味粉」這樣的調味佐料。許多日本人會在喝味噌湯時提味，可以說是日本家庭的必備調味料。還有一種名為「柚子胡椒」的九州名產。去日本前，我以為那就是柚子加上胡椒製作而成，沒想裡面其實既沒有柚子也沒有胡椒。這裡的柚子，並不是台灣人印象裡在中秋節食用的綠色文旦，而是圓滾滾的、金黃色的香橙。胡椒呢？真面目是一種青辣椒，會有「胡椒」這樣的稱呼，是因為九州方言中會把「唐辛子（とうがらし）」說成「胡椒（こしょう）」。在居酒屋點的烤雞肉串上，常常會沾上一點點散發淡淡橙香、清爽嗆辣，充滿香氣的綠色醬料。那個就是柚子胡椒醬。不僅和魚肉、雞肉很搭，也有將柚子胡椒醬加入火鍋中燉煮火鍋湯底的料理方式。不過，大部分的時候在日本只能買到乾辣椒。我也在日本第一次學會該怎麼使用乾辣椒。只要用油爆香過後，和生辣椒的香氣完全不同層次，香氣更加濃郁。只要簡單的加上雞肉、或豬五花快炒過後，就是一道超下飯的料理，到異國生活總是會體驗過去沒想過的新鮮事。

第三章

柴米油鹽醬醋茶，在日生活好衝擊。

3-1

想在日本交朋友？你不可不知道的眉角

和日本人當朋友這件事，對我來說是相當不同的交友體驗。他們身邊彷彿像有一層透明的帷幕覆蓋著，若想掀開那低垂的帷幕，裡頭的人可是會死死拉著不讓人掀開。跟日本人最常聊的大概就是天氣這種人畜無害的話題，比如明天大太陽適合曬衣服曬被子、下禮拜聽說很冷要小心身體不要感冒這之類。知道我是台灣人時，就算不理解台灣，日本人也會努力想一些通俗的話題，比如小籠包、芒果冰之類的。順著話題說下去的我，好像也只能說說「鼎泰豐」、或是「芒果最有名的是台南喔」這樣的話。也許是怕冷場或是尷尬，希望可以維持這個場域的「空氣」，他們會把該做的努力都做盡了。走進書店，也常有不少教授聊天技巧的書籍，包含第一次見面該說什麼、如何成為話題王等等。總之對於人與人之間的氛圍、人與人之間的距離，日本人因為很重視，所以分外小心對待。有時會聽見台灣朋友說「日本人是雙面人、偽君子」這樣的話，其實是一種誤解。

和台灣朋友聊天時，即使交情不深，也能輕易地交流對事情的感覺與看法，就算兩個人意見不同，氣氛變得比較緊張，好像也可以輕易地就讓它過去。台灣人溫柔強大且多元包容的社會氛圍、充滿輕鬆的人際關係，是我們最難能可貴的優點，見了面，一下子就能互相理解、拉近距離。我曾聽過一種很有趣的說法，台灣人在朋友面前要去上廁所的話，會說「我要去尿尿」或是「我要去大便」，目的是為了讓朋友知道大概要等多久。但日本人和朋友絕對、絕對不會說出這麼直白的話，不管你是要大號還是小號，都只會說「我去一下廁所」。而台灣人就是很奇妙，「我要去尿尿」如此直白的話就會這樣脫口而出，從語言表達就能發現我們有多大的不同。台灣人就算說得很直白也能輕易接受，不覺得有什麼違和。

有一陣子，我經常參加台日語言交換活動，活動通常會由幾個日本人和台灣人組成一桌，話題很自由，可以說是從內子宮聊到外太空，不管是生活差異，還是台日男女差異，甚至是台日草莓有什麼差別這類的話題都有。從小到大習慣「相槌を打つ（あいづちをうつ）」的日本人，也會「そうそう！」「ですよね！」熱情回應，在台灣人看來相當熱絡。然而，這並不代表他真的和你相談甚歡，很聊得來，說到底，原因還是「不想要場面很冷」，都是為了維護氣氛而做。甚至也會努力分享話題，讓所有人都能融入。我常在活動結束後，看見初次參加的台灣人，跟日本人要聯絡方式。對台灣人來說，活動結束後交換聯絡方式這種事情很平常，但這種一下子踏入對方生活空間的舉動，會讓不少日本人感到驚訝。雖然當下有可能因為不好意思拒絕而給了聯絡方式，但事後也可能簡單聊幾句就不再回覆。如果說台灣人對於交友是「主動出擊」，那麼日本人就是「被動觀察」了。得觀察一陣子，發現這個人也許還不錯，才會再深入多聊一些，甚至主動搭話。

當時有位在交流活動中很受歡迎的日本女孩，大家都叫她菜菜子。她不僅中文說得很好，長得也很可愛，幾乎什麼話題都能接、相當健談。我曾和菜菜子分在同一桌聊天，因為是五人一組的配置，所以我們的接觸一直不多。直到我第六次參加活動，要結束準備回家時，菜菜子忽然叫住我的名字，說：「妳的指甲彩繪每次都好可愛欸！」當時我真的嚇了一跳，因為那次我才剛去換新的指甲彩繪。即使沒有被分在同一組，她也一直在觀察我。接著她問：「可以告訴我是哪一間嗎？我也想要去做指甲彩繪。」於是就順理成章交換了聯絡方式，我也傳了美甲設計師的預約方式給她。或許是因為我覺得不會有日本人主動跟我搭話，因此完全呈現一個隨緣的狀態，也就很消極地以為她只是想打聽指甲彩繪的店吧？沒想到她真的去做了指甲彩繪，還拍了做完彩繪的指甲照片給我看。從那一刻開始，我才知道原來「透過觀察、創造共同話題」才是他們的交友方式。

「台灣人很溫柔，一開始讓人感覺很可怕。」菜菜子曾這樣和我說，也會說「台灣人實在是太溫柔了。」雖然看起來是稱讚，但其實是一種委婉說法，言下之意是「有點壓力」。總之，溫柔又可怕，是她剛到台灣時對台灣人的感受。或許習慣腦補的日本人會想「對我那麼好，是不是想從我身上得到什麼好處呢？」

需要時間來理解，其實台灣人就是這麼熱情簡單。

對於關係、距離有不同概念與解讀的人，要花上很多時間互相理解。「互相理解」的另一層意義，代表著碰撞與衝突的發生，透過肢體語言、表情、聲調、說話內容達成共識的過程中，會有一股拉扯的力量。慢慢找出兩者之間的共同點，比如發現喜歡同樣的音樂、喜歡一樣的食物……等。但為了維持和平愉悅與禮貌的日本人，尤其在脫離校園後，更加不擅長這樣的事情。如果問日本人，大概會得到「感覺很麻煩」這樣的回答。因此想要融入身邊的日本人小團體，甚至交上一個可以在休假日去喝一杯咖啡日本朋友，最快可能需要三個月。所以我不覺得台灣人有必要因為「交不到日本朋友」、「無法融入這裡」而感到喪氣。因為日本人很有可能和我們一樣，明明渴望更親近的朋友關係，卻沒能主動踏出那步。就像是一隻希望保有私人空間的貓咪，要是忽然拉得太近，就會想要逃跑。台日雙方對於「朋友」所能定義的距離感，從根本上就不同。不僅是心靈上的距離，物理上的距離也是如此。和好朋友、父母會挽著手一起逛街的台灣人，對日本人來說是相當神奇羨慕的事。

據說只要脫離學校生活後，成年人若想成為朋友需要花上九十個小時，這個時數是我們青少年時期的兩倍。學生時期我們因為環境和目標比較容易凝聚共識，可是變成大人後，就喪失了這種凝聚力。要是沒有什麼契機的話，兩個人此生就如同兩條平行線永不相交。想交新朋友難，但是維持過去的友誼也一樣。因著際遇的不同，兩人的視野漸漸地不再重疊，也正是這成熟的年紀，認為自己要為情緒負責，很難再與別人談心、親近。光是聽見別人的煩惱就感覺要小心對待，最後甚至不知道該說些什麼來回覆。反之，要自己說出內心的心煩意亂、傾訴苦水，好像自己的人設就會崩毀，令他人失望。

我有個台灣朋友問我，為什麼日本人不分享這些？不是有句話說分享八卦才能快速拉近距離嗎？但其實日本人會希望你也能為他著想，比如「要是換作是你，聽到這些該怎麼回答比較好？對方也會很困擾吧？」這種煩惱。再來，除了距離感，第二重要的是保持清潔感（せいけつかん）。比如指甲要定期修剪保持乾淨、頭髮要洗不要看起來油油的、鬍子眉毛定期修整、身上切忌異味、衣服不能邋遢、髒污……等，給人乾淨的印象是絕對加分的。

我曾問日本朋友為什麼會想主動跟我說話呢？她說：「每次看到妳的時候，都笑笑的、很有精神地跟我打招呼。感覺很好親近呢。」因此，保持微笑、打招呼、展現親和力，都是擁有好人緣的最佳方法。無論什麼國家，我想這一點都是一樣的。

3-2

會煮飯嗎？幸福的自炊生活

每週三下課後，我會騎腳踏車到超市去。通常會買大約一週的食材，以及簡單的麵包、優格等當早餐。對身為外國人的我來說，日本的超市真的非常有趣！只要踏進去就會發掘新世界，每次逛超市都逛很久才離開。

我最常逛的超市有兩家，一家是主打低價、庶民，只要是大阪人就絕對知道的連鎖超市——玉出超市（スーパー玉出），玉出超市是二十四小時營業的地方超市，規模雖然相較其他超市小、內裝也比較舊式，卻是一間非常有「大阪感覺」的超市，超大黑圓體寫著「玉出」的黃色看板，再加上復古且不明所以的向日葵標識，明明已經很耀眼的看板下，還會有各種ＬＥＤ燈條隨著節奏閃爍，不知道的人還以為是柏青哥店。牆壁也會有些看起來怪裡怪氣的卡通角色，總之，俗擱有力，絕對是我對玉出超市的第一印象。但玉出超市就是會有一種神奇的魔力，濃濃復古風加上超有吸引力的價格，晚餐前的時間總是擠滿了搶便宜的客人。走進玉出超市，高麗菜、蘿蔔、蔥會堆得滿滿的，菜架上方也有用燈條折出各種鴨子、星星、直升機來表現這些蔬菜，總之很迷幻。

玉出超市的特色是熟食區，雖然不主打最好吃或賣相吸引人，但份量、價格真的是其他超市無法比的。舉例來說，比臉還大的中華炒麵不用三百日圓、一個豬排便當不用五百日圓，因此受到許多藍領、學生的歡迎。甚至還會舉辦超瘋狂的一元日幣特賣，正因為能感覺到大阪庶民魅力，這幾年玉出超市更是多了不少觀光客，日本網民還會收集玉出超市的塑膠袋、購買玉出超市的購物籃……等，儼然成為了「玉出超市粉絲」。讓我覺得最厲害的是玉出超市的大聲公廣播。從進店到離店都會一直聽到低沉約四十歲的男聲，不停重複「スーパー玉出！スーパー玉出！」就算離開超市回到家做菜，腦中還是會不斷響起，就算是我在寫書的現在，腦袋還是迴盪著「スーパー玉出！スーパー玉出！」的聲響！是一家去過之後就會上癮的神奇庶民超市。

另一間超市，則是在近畿圈、關東首都圈等地擁有超過兩百七十家店鋪的大型連鎖超市——LIFE 超市，主打都市型高級超市，明亮整潔的環境，搭配讓人眼花撩亂的商品，絕對是個大黑洞！走進去沒有三個小時逛不完。大型綠色看板上的橘色四葉幸運草標示，是新鮮、安心、熱情的配色。店內也真是如此，從沒感受過的超寬敞走道、從生鮮區到熟食區，光走路就至少要四十分鐘。每一條都是能拿來跑百米衝刺的超長走道。另外，最讓我驚訝的是日本超市居然有「生菜沙拉區」，寬敞的貨架上塞滿各式各樣的生菜沙拉。和台灣喜歡吃炒青菜、燙青菜的習慣不同，日本家庭大多以吃生菜為主。生菜沙拉區新鮮的配色、多樣化的選擇跟便宜的價格，而且都已經切好洗好，相當方便。如果一個人生活，一盒大約可以吃三餐，相當划算。熟食區除了便當、各種小菜之外，也有牛肉壽司、生魚片，甚至是減醣三明治，超市品牌的吐司也很香濃、美味！和玉出超市相比，它的價格相對沒有優勢，但商品種類很豐富，豆腐類、蒟蒻類產品隨便都超過二十種。像是雞蛋也分大小不同賣價，裝在不同的盒子裡，橘子這類水果甚至還分成S、M、L在販售，總之我受到了相當大的文化衝擊。（笑）

超市裡最讓人眼花撩亂的區域，就是調理包區，最知名的就是龜甲萬的「うちのごはん」（我家的飯）系列。我認真蹲下來對著貨架仔細算過一次，光是龜甲萬一個品牌，口味選擇就超過三十種。有壽喜燒豆腐、高麗菜胡麻味噌、肉醬茄子……等，每一個包裝上都有看起來超美味的示意圖，讓人忍不住買下去。對忙碌的學生、主婦來說，真是一大福音。只要按照商品包裝說明準備材料，再加入龜甲萬調好的醬料包，就大功告成。除了方便的調味包，住在日本的那段時期我也很喜歡做炊飯，因為炊飯醬料包那一區真的太燒了！包裝上的圖片，每一張都在對我說「快來吃我！」一邊逛肚子也邊咕嚕咕嚕叫，試做一次後，馬上被溫和的醬油香氣收服。問了日本朋友才知道，每個家庭都有屬於自己家的風味，日本人稱為「五目炊飯」。「五目」通常是牛蒡、紅蘿蔔、乾香菇、蒟蒻、油炸豆皮這五款素菜，一般來說會再加入醬油、味醂、米酒，一起放入電子鍋炊煮。但因家裡冰箱剩下食材不同，每次媽媽煮的都不一樣。炊飯也會隨著季節變化，像是春天有竹筍炊飯、夏天的茗荷炊飯、秋天的栗子炊飯……等，一碗飯裡就能感受到日本四季的流淌。在日本的那段時間裡，沒了那種過去當櫃姐上班時的緊繃壓力，我能很清楚地感受到、去記住對他人來說也許微小且無謂的細節。那有一種說不出來的美好。好像某天會突然想起這種微不足道的景色、彷彿想起這種香氣時就能感到飽滿富足，我感覺幸福是這樣一點點積累起來的。

留學生活的樂趣之一就是一個人做飯。去逛超市、看蔬果從哪個縣市運來、品味不同風土裡的風味，比如產地的茄子有什麼不同？還是其實也沒什麼不同？總之這些都是有趣的部分。雖說多數人做飯是想要省錢，而且每天吃吉野家、一蘭拉麵，身體也會受不了。在台灣時，總覺得沒什麼自己的時間，就算想煮飯，租屋處也沒有像樣的廚房。但在日本，不論再怎麼狹小，基本都會附廚房。我住在學校宿舍與其他同學共用廚房，冰箱也有畫上屬於自己的位置。我每天都很期待能在宿舍煮飯，這對某些人來說甚至是充滿成就感的事。尤其是從不會到會的過程，就有不少慶祝自己做出人生第一顆荷包蛋，並在社群動態分享的人呀。

我常聽到「烹飪」這項技能在現代社會爭論到最後，總是會變成兩性的攻防戰，比如「女生不會煮飯很不應該」的謾罵、或「我家媳婦不會煮啦」的訕笑，但說實在的我覺得這種事怎樣都好。歸根究柢，煮飯是「生存技能」而不是「社交技能」。人活著就是要吃，食物美觀與否、美味與否，是對生存來說是其次，烹飪技巧可以說是為了活下去而不可或缺的。

雖然台灣外食相當便宜，自己準備的人看起來比較笨，甚至也有不少家庭從小到大不煮飯，也是沒事一路活著過來。退一萬步來說，不算伙食成本、光準備的時間成本就讓它的性價比蕩然無存吧？但我仍然會堅持這項生存技巧一定要學會。極端地說，要是發生了大地震沒有食物時該怎麼辦？就算發配了食材也不會處理，或甚至別人捕了魚分享，卻不會處理，就只能喝西北風了。總之我認為煮飯也是一項「保護自己的技能」。讓人有能力可以去選擇要吃什麼，「有能力選擇」這是最重要的。

3-3

聽說去日本就會變漂亮？

我大概是從國中三年級的暑假開始注重自己的外表。上高中後，也許是想要做自己或是被朋友崇拜、吸引異性，開始注重美白、瘦身、保養，這些也是高中生下課十分鐘的話題。因為要是會打扮、懂化妝保養，在學校自然就會變得受歡迎。當時沒有髮禁，班上要是有同學染頭髮、燙捲也會引起討論，總之變漂亮成為了青春期裡最苦惱的事。而我家沒有這種閒錢讓我變美。我有兩個姊姊，當時他們都是大學生，所以肯定會上演「妹妹接收姊姊穿不下的衣服」的戲碼。三不五時也會因為這種事情吵架，跟媽媽大喊不公平。那時候休假跟朋友出去玩，也會偷穿姊姊新買的衣服。總之如果高中生打扮得像是個大學生般超齡，就會讓人特別有優越感。

現在社群上很流行，以「穿搭」為主題的帳號、還有「OOTD」的 Hashtag，當時也還不存在。那還是個沒有智慧型手機的時代、網購也不盛行。能逛的就是夜市攤販、台灣成衣業的不敗經典，像是迪索奈爾、NET、Sassy。下課跟同學去逛士林夜市的話就逛東京著衣、天藍小舖之類的。要是問別人逛哪裡？對方回答「五分埔」的話就會覺得真內行。十年前的女生們如果想要得到第一手的時尚資訊，除了逛街，就是來自日本的時尚雜誌，像是《mina》、《vivi》、《Popteen》等。一本價格約七十九元，能在便利商店輕鬆買到，內容從衣服穿搭、化妝方式、減肥方法、泳衣怎麼挑、美白到戀愛占卜，非常多元。我姊那時候很喜歡人稱「短髮教主」的田中美保，所以拜美保之賜，只要等姊姊看完，我就能免費看到最新一期的《mina》。不過現實就是，就算想要像雜誌裡的女孩一樣閃閃發光，還是只能買便宜的衣服來穿，平常出門還是短袖T恤加牛仔褲。有時候會在夜市買一些現在看來很獵奇的單品，比如用顏色非常大膽的圓形編織小包，可以放得下我舊舊的 Sony Ericsson 手機，跟印有可愛卡通圖案的塑膠錢包。高中有一段時間，我還很喜歡穿制服搭紅色鱷魚皮拼接的黑色厚底鞋，因為那時雜誌裡很流行。

我開始學日文後，已經是人人都拿智慧型手機、網購盛行的時代了。大學三年級的某個深夜，我在便利商店吃泡麵當宵夜。想著待會買個很久沒看過的日雜來配，當時《mina》一本要價一百一十九元，後來大四時某天深夜忽然很想看日雜，我馬上騎車去附近的便利商店認真找，卻沒看到《mina》也沒有《vivi》。問了店員才知道原來停刊了。《mina》和《vivi》就像當年那些文庫本大小的總裁系言情小說一樣，遭到時代無情地淘汰。

為了交上幻象中的櫻花妹朋友，心中想要讓自己成為有「不過分可愛的休閒日系穿搭」的人，當時追蹤了不少日本女生的衣服穿搭帳號，發現有個常見的單字叫做「垢抜け（あかぬけ）」。「垢（あか）」的意思是髒污、污垢。「抜け（ぬけ）」是來自動詞的抜ける。意思是指原本固定或卡在某處的東西脫離、掉落原本的位置，可以翻成消失、不見。因此「垢抜け（あかぬけ）」就是原本在身上的髒污掉落了、消失了，延伸成變漂亮的意思，如同醜小鴨變成天鵝。通常都會是用 Before、After 來呈現，也歌頌人生在變漂亮之後有多順利、發生了什麼好事等等。我忽然想起那雙很招搖的紅色鱷魚皮拼接黑色厚底鞋，還有那個用色大膽的編織小包。思考著那我也「垢抜けた」了嗎？但一直等我出發到日本留學，才知道日本所謂的「垢抜けた」是怎麼回事。

首先，就是身上的毛！

日本是世界上非常罕見、相當在乎體毛的國家，可以說是無毛社會也不為過。從國小、國中生閱讀的時尚雜誌裡就可以發現，有許多除毛、除毛後護理的相關知識，地鐵站也會貼滿除毛廣告。也會有像「男性在乎女性體毛比率高達九二%」這種調查來佐證除毛的必要。據說日本的除毛歷史從平安時代開始，當時貴族女性為了有一顆理想、飽滿的額頭，會整理眉毛、額頭細毛。一直到江戶時代，在遊郭工作的女性為了光滑的肌膚觸感，便會定時除毛，最後變成風潮一直延續至今。除毛可能是為了面相和審美，或為了討男性喜歡，到最後成為了日本社會不成文的規定。整理好身上所有的毛也變成了一種禮貌。甚至到日本後，我才知道有種東西叫做「VIO 全除」，是將私密處、陰唇、肛門等毛都除淨的方案。我也忍不住開始在意起身上的手毛、頸後的細毛、臉部的汗毛，我在日本人眼中根本就是隻大毛蟲。在搭手扶梯時，我都忍不住遮住後頸。不僅如此，還需要不論狂風暴雨都不會崩潰的鐵瀏海。讓日本女孩臻於完美的瀏海，是用電棒捲夾出弧度後，再噴上定型液固定的。平常化妝包裡還會有一隻睫毛膏造型的輕便定型液。不管她們怎麼搖頭點頭、甚至倒立，頭髮也不會往下掉。

但想要變美，不單純只是毛的問題。還需要在意自己身上的衣服，和不在意衣服領口鬆脫、不修邊幅的人相比，穿得可愛時尚，絕對能更順利地融入群體受歡迎。因此，我開始摸索自己適合的穿衣風格，沒有閒錢去做除毛沙龍，就自己定期在浴室除毛。為了跟日本女孩有更多話題，會問她們怎麼買衣服、頭髮怎麼做，或看著社群帳號模仿。再加上日本的生活大多少外食、大量步行的易瘦生活習慣，好像就有了「去日本就會變得漂亮」的說法。

和台灣人的購衣習慣不同，大多數品牌會時常以預購形式販售商品給一般客人，比方在十二月時購買隔年三月春天要穿搭的新款風衣。雖然我有時會對這種「為了流行，非得做到這種程度嗎？」的想法感到有些疲乏，但整體來說，變美這件事，在日本還是很好玩的。不再像是青春期的苦惱，和朋友一起逛街買衣服、分享新買的包包鞋子、研究怎麼樣化妝變美。一邊崇拜一邊嫉妒，一邊讓自己成為自己喜歡的外表，這個過程我並不覺得有什麼討厭的地方。我也曾因為物質慾望爆發買了過分便宜、不合適的衣服、也曾因為朋友推薦就買了橘色眼影，最後嘗試畫在眼睛上覺得很髒，只好丟掉或轉送。去日本前，我曾覺得為了別人打扮是一件很蠢的事，只在乎外表的人有什麼地方值得他人關注？親身嘗試後，才知道想要變美不是為了別人，想成為自己理想的樣子，需要付出很多努力，這並不是什麼壞事。先不論那種「理想的樣子」從何而來，他人都無法置喙。每個人都有追求自己價值觀中喜愛的美的權利。

在摸過無數布料、穿過無數雙鞋子之後，才能夠仰賴經驗和知識去判斷物品的價值。這種物質判斷基準，是用金錢、經驗、時間堆疊出來的結果。一段時間之後，就會培養出屬於自己的品味。不用再追隨他人。每一件我花錢買的衣服、都是經過判斷而購入，了解購買時的立場跟付出的金錢價值。那時候，每件衣服穿起來，總讓我覺得自己美得很有自信。當會在逛街時被朋友說「這是妳的衣服欸」、會對著時尚雜誌裡的穿搭吐槽時，我覺得這就算是成功變美了吧。我想，美早已經不侷限某種類型，也不再是為了任何人。

3-4

絕無僅有的日本錢湯體驗！

第一次看由阿部寬主演的《羅馬浴場》時，我和男主角路西斯一樣，覺得這真的太神奇了！下定決心一定要去日本體驗真正的錢湯。沒想到體驗後完全著迷且中毒。我常會捨棄飯店的浴室不用，去附近的澡堂泡完才甘心。然而，說到底，現代人每天洗澡的概念是從什麼時候開始的呢？感覺我們這輩人從出生開始就是這樣過，家裡有浴室、有熱水器可以快速將水加熱，在寒冬中能輕鬆洗上一個療癒的熱水澡。古時候並沒有那麼方便，和我們這些想洗澡就洗澡、任性選擇不洗澡的現代人可不同，古代能輕易洗澡的人大多是達官貴人，一般平民百姓想要痛快地用水洗頭都是一件難事。

日本的沐浴文化在早期因為佛教傳入，起源於大約六世紀左右。水有潔淨、清淨的意象，當時的僧侶們相信，透過沐浴可將身心污穢洗去，對於修行得道相當有幫助。同時，在佛教經典中，沐浴也被視為可以驅除病痛、招來福氣、積累功德的行為。各大寺院會為貧窮、病痛的人敞開寺院大門提供施洗，這種施洗行為，又稱為功德風呂（くどくぶろ）。後來，為了教義宣揚、吸引更多人認識理解佛教修行，寺院便會在特定的日子開放澡堂供大眾來洗澡，透過舒服暢快身心的洗澡，來吸引民眾親近佛法。位在奈良，歷史悠久的東大寺就有像這樣的浴場，從二月堂往下走，穿過參籠宿所和食堂後，就可以看見東大寺的大湯屋。大湯屋裡有個直徑約兩公尺的鐵製澡盆，稱作「鉄湯船」。雖然平民百姓體驗到了洗澡的樂趣跟療癒身心的效果，但要一直到江戶時代，沐浴才漸漸普及並融入民間生活。江戶時代出現了只需要一錢就可以進入的收費澡堂，「錢湯」一詞就此誕生。不過和現在放滿水、可以將全身泡入的澡堂不同，當時的浴槽設計較淺，將膝蓋以下泡在水中的半蒸煮浴才是主流。一直到明治時代，才有了接近現代澡堂的改良版，強調浴場整體的開放感，全身可浸入水中的浴槽設計，獲得大眾好評，加上當時一般家庭大多沒有浴室，去澡堂洗澡便成了日常風景。現在，沐浴已成為庶民文化的代表之一，澡堂不只是洗澡，同時還有著交流、娛樂、凝聚社區團結意識等功能。錢湯這個行業的全盛時期，在日本有超過兩萬家澡堂營業。

我第一次的澡堂體驗是在京都的船岡溫泉。有非常多這類稱作溫泉的湯屋，其實這只是湯屋的屋號而已，並不是真的溫泉。看著旅遊書推薦介紹，在寒冷的十一月冒著陰冷微雨，和兩個姊姊、媽媽四個人從京都車站搭公車到船岡溫泉。當時因為我帶著大家搭錯方向，所以多坐了三十分鐘車程。因為這件事讓我被姊姊罵到臭頭。白天當導遊帶她們走了一整天，晚上又被罵，整個心情差到極點。下車時，我還鬧彆扭不想講話，但一見到漆黑無人的街道中亮起的微光，整個人忽然放鬆了下來。

低垂的紅棕色暖簾上寫著「船岡溫泉」四個大字，從正面看，暖簾上方微微拱起的山面、半弧形的唐破風造型遮棚，一瞬間彷彿掉入《神隱少女》的世界。已經營百年的船岡溫泉原先是家料理旅館，在終戰後才專營澡堂生意。入口兩側滿是亂停的腳踏車，可以明顯感覺到居民對湯屋的依賴和隨性。脫下鞋子走進後，便看到一位站在男女更衣室正中央的櫃檯，看著老舊箱型電視的老婆婆。在這裡要付費之後才能進到更衣室。而澡堂的收費可不是坐地喊價的，因為澡堂在早期被視為民生必需的衛生設施。因此只要是被分類在日本《公眾浴場條例》的一般公眾浴場，就會受到日本的物價統制令的規範。價格則是按各地方政府規定而有不同，比如東京都將入浴費用設定在大人五百日圓。京都則是大人四百九十日圓、沖繩的上限則是三百七十日圓。但如果是以娛樂為目的的超級錢湯、三溫暖SPA設施就不受這個法規約束。

一進到更衣室後，就迫不及待地脫掉衣服，並拿著沐浴用品穿過復古且繽紛華麗、用馬約利卡磁磚拼貼而成的走廊。迎面襲來的霧氣讓人彷彿抵達了另外一個世界。被外頭毛毛細雨浸濕冰冷的疲勞身軀，因為寒冷而僵硬的腳指頭踏在被熱水沖過的磁磚上。寬敞浴場的溫熱蒸氣包圍著我，使全身毛細孔甦醒過來。明確地感受到身體漸漸暖了起來，舒服地忍不住嘆口大氣。在泡澡之前需要先將身體洗乾淨。澡堂會有供人先清潔身體的水龍頭區域。水龍頭不像是平常洗手那樣彎曲的造型，而是短短胖胖、兩側還有紅色跟藍色的按壓式開關，分別代表熱水與冷水，也會有座椅和小沖澡盆可以使用。而期待已久的澡堂，可不只是把熱水放滿而已！還有電氣池、藥草池，穴道按摩池、檜木池、露天池，這類在台灣從來沒看過的種類。將冰冷的身體全身浸在溫暖的水中，水的重量與柔軟的感覺，讓全身從頭到腳就像有股暖流經過安頓下來，繃緊的神經得以鬆懈、緊繃的肌肉也漸漸鬆開。促進全身的血液循環，熱能使血管、心跳更加有力地鼓動著。

但外國人第一次去澡堂，總是會有一些不太懂或是做錯的地方。我的經驗是「絕對會」被阿嬤用聽起來有點兇巴巴的日文教導該怎麼洗澡、該怎麼用浴桶。但就當作是澡堂的另一種樂趣跟學習，受到當地居民喜愛的澡堂，大家都會想要一起維護這裡的禮儀與文化，所以每個澡堂有自己的規則。日本這幾年澡堂銳減，只剩下兩、三千家在營業，但也有不少年輕人加入經營。比如明治時代就創業的京都錢湯「サウナの梅湯」，就是由年輕店主接手的翻新案例。紅綠相間的燈籠加上可愛的看板，最特別的是，甚至歡迎有刺青的人來梅湯泡澡，吸引了許多海外的觀光客。我還曾去過週一到週五藥草池都換不同配方的澡堂，星期一是柚子、星期二是薰衣草、星期三是艾草……這種，推開澡堂門的那剎那，就會先確認櫃檯上寫著配方的行程表。

留學時，住處附近有家「新世界ラジウム温泉」澡堂，是大阪市區內唯一一個可邊欣賞通天閣邊泡湯的地方。在晚上十點左右，夾著鯊魚夾、穿著家居服、踩著夾腳拖鞋，拿著盥洗用具穿過通天閣商店街，大概五分鐘就會到，晚上還有機會獨霸浴場，聽著大量熱水流動的聲響，和朋友脫光光在浴場大聲地講話，讓人感覺很舒暢。泡澡後擦乾全身，一邊穿衣服，一邊看著綠色PU皮製的按摩椅發呆。用有點生鏽的投幣式吹風機吹頭髮，面對著復古梳妝台，因為身體熱熱的很舒服而忍不住發呆放空。穿衣服時，日式屏風上貼著定期更換的色情三級片電影院海報，大大地寫著「情慾」、「人妻」，這種感受關西在地的隨意、深度的庶民文化，讓人很興奮，就像是撥開日本社會精緻的外皮那樣。泡完澡後，每一次都會忍不住打開櫃檯旁的冰箱來罐咖啡牛奶，一口乾完是重點！體驗過澡堂的人，才懂冰涼香醇咖啡牛奶所帶來的前所未有的暢快感。最後我心滿意足踏著輕快步伐回家，身體因泡澡而舒暢鬆軟，絕對能一覺好眠。澡堂就是能用五百日圓享受到幸福療癒的設施。

3-5

排解鄉愁的方式是……

台灣過農曆新年時，學校仍是正常上課。所以春節是鄉愁最嚴重的時候。從前二月的背景音是麻將洗牌的碰撞聲、叔叔伯伯們玩十八骰仔的吶喊聲、熱鬧商店街放的那首《恭喜恭喜》。但是過陽曆新年的日本，二月完全不熱鬧，就是再也普通不過的日子。那時的大阪不只常下雨，氣溫也很低。冰冷的四肢加上灰暗的天氣，很容易讓人憂鬱。坐在空蕩蕩的宿舍內看到台灣朋友回家團圓、圍爐的影片，寂寞的感覺便會瞬間湧上。太寂寞的時候人會變得什麼都不想做。就算過了中午都沒有進食、身體處於飢餓低血糖的狀態也會變得無所謂，總之為了避免自己變成那種狀態，在宿舍裡隨時都應該要有來自台灣的食糧，最好是那種很簡單就能吃的東西。異國寂寞最大的敵人就是台灣美食，只要能夠吃到好吃的讓人懷念的東西寂寞就會一掃而空，感覺自己很貼近自己的國家。讓氣味引領到那個最懷念的空間跟時空記憶裡。

如果問去日本長住的話應該要帶什麼？我自己覺得是以下三樣：台灣醬油、普通再普通的營養麵條、沖泡式奶茶粉。尤其是台灣醬油。看到超市的醬油走道真的會嚇一跳。一般來說，一個人會選擇什麼品牌的醬油，跟自己成長過程有很大的關係。家裡如果用金蘭醬油，成家了也會給自己孩子吃金蘭醬油。看著日本人走到醬油區，拿走那罐最符合家裡口味的醬油的餘裕，而自己卻面對這好幾十種醬油感到茫然。因為沒時間去嘗試哪一罐醬油最適合自己的口味，更怕買後口味不合又只能忍耐用到最後一滴。所以在國外，若想煮出讓人懷念的「媽媽的味道」，對於醬油不能不講究。

關於營養麵條，我也是在日本生活一陣子後，才發現它很重要。「嗯？我好像好一陣子沒吃到白麵條了。」跑了好多家超市才發現「原來日本沒賣啊！」因為營養麵條在台灣實在是太日常，從沒想過竟然會買不到。這才請家人幫我寄來日本。應該不會有人想吃維力炸醬配烏龍麵吧？還是要一般的麵條，才是最棒的家鄉味。簡單將麵汆燙後，加上肉醬，撒上蔥花，最後用辣椒醬點綴，拌勻開來就是最棒宵夜！

留學生想念的食物，大致上還能分成以下兩種。一種是調味料類的，像是沙茶醬、胡椒鹽、康寶酸辣湯、辣醬、豆腐乳、鵝油這類的。另外就是零食類，討論度最高的就是可樂果、新貴派、義美小泡芙、王子麵。像是這種零食類的小點心，我都收在床底的收納箱。雖然不知道為什麼，但是要吃的時候會感覺有些害羞跟良心譴責。所以總是趁室友不在的時候才吃。以免被看到時，好像必須要禮貌性地詢問「你要吃嗎？」雖然遞出了點心，但其實心裡超希望對方說「不用，謝謝。」

讓我最意外的是「奶茶粉」。日本自己也有很多沖泡式奶茶，但口味大多不是用阿薩姆，而是伯爵紅茶來製作的。所以喝起來好像總是哪裡不太對。魚池紅茶帶有特殊的肉桂以及淡淡薄荷香氣。去大賣場買的日月潭奶茶粉，因為小包裝很適合拿去分送給日本朋友，沒想到喝過後大家都相當驚艷。在溫度只有攝氏二度的大阪，喝起來格外療癒。

出發留學的前一天晚上，我正準備把行李箱蓋起來時，我媽拿了好幾包泡麵、熟食調理包給我。當時我說：「媽，裝不下了啦。這個不用帶。」但拗不過媽媽堅持還是硬塞進行李箱。最後行李箱裡反而裝吃的比穿的多。但後來真的是感謝媽媽的堅持，不愧是媽媽！真的懂女兒啊！尤其是月底生活費不太夠、或很想要吃台灣小吃的時候。拉開筍絲控肉鋁箔包倒進碗裡微波後加入白飯，簡直是極品！曾經用紅燒牛腩加白麵條煮過紅燒牛肉麵，還有用一包香菇肉羹調理包跟同學交易到康寶酸辣湯的經驗。在冷水加入康寶酸辣湯粉，將豆腐、木耳切成細絲加入後煮滾打蛋，再加醋，就是最懷念的味道。

我記得某次收到電話說有包裹。因為沒有預期，我匆忙理好亂翹的頭髮到一樓簽收。貨運員送來時候還特別說：「這個紙箱很可愛呢！」一看到淺果綠色的白鴿紙箱，就知道是台灣來的包裹。本想著可以直接抱上二樓的房間。但不知道裡頭裝了什麼實在太重了，只能用推的。我只好把紙箱放在又窄又小的樓梯上，找出樓梯邊緣和另一階的微小平面打算利用這個接觸面推上去。我面朝樓梯口並且將紙箱放在背部，腳踩在樓梯上往上走。用全身的力氣把包裹推上。推到房門口後全身無力癱軟在紙箱上。看著白鴿的圖案和貨運單上的自己的名字，是我媽用中文寫的，用歪七扭八很有她識別度的字跡寫下不熟悉的地名，看到的時候忽然覺得很想家。於是迫不及待拆開那一大箱包裹，裡面塞滿了各種台灣零食！還有乾香菇、枸杞、紅棗、金蘭醬油，米粉跟冬粉！甚至連火鍋湯底都寄來了！

還有一次深夜，為了不要吵到其他正在熟睡的同學，我躡手躡腳地走近廚房冰箱。深夜的廚房中，冰箱的燈照亮我飢餓的胃袋。我小心翼翼地從冰箱拿出一大鍋料理。拿出因冰箱而結露的不鏽鋼鍋，裡頭裝的是在晚餐時做的白菜滷。在超市買的大白菜，葉片充滿水份柔軟又翠綠，光看就知道肯定新鮮！再加入增添甜味及考量配色的少許紅蘿蔔，就能輕鬆完成美味的傳統台菜。如果是星期天晚上做白菜滷的話，我還能用菜刀慢慢地將紅蘿蔔切成片，再修成花朵型。一個人在日本生活，最重要的就是這種簡單的儀式感。

而說到白菜滷的作法，是在炒鍋中加入沙拉油、把蒜頭、蝦米、肉絲爆香之後，加入白菜和紅蘿蔔。簡單翻炒過，白菜開始出水時，就能加入香菇水。所謂的「香菇水」就是將乾燥香菇泡水回軟後的淺褐色液體。帶著濃烈、令人愉悅的香氣，任何料理只要加入香菇水，就能馬上提升到另外一個層次！說是「靈魂之水」也不為過！按我的觀察，拿香菇做炊飯是日本家庭的主流習慣，超市比較容易看到乾燥過後撕碎的舞菇。我也曾用乾燥舞菇做了幾次，但總覺得味道不太對。所以老媽從台灣寄乾香菇過來，真的是拯救了我的料理。泡水後將香菇撈出，再把香菇水放在冰箱保存，是我家一貫的作法。要用時隨時都有，可謂在日台灣人必要之存糧。老家寄來的香菇，我精確地計算份量使用，畢竟學生就是能省則省，用媽媽寄來的不是更好嗎？而要是沒了香菇水，不管是滷肉還是滷菜就少了靈魂，那可不行！

除了白菜滷，滷肉也行，而煮麵時當作湯底使用也可以。不需額外加入味精，只需滴上一兩滴香油就能輕鬆完成美味料理。我用大湯匙將白菜滷舀入碗中，和白飯一起拿去微波。加熱時飄出的飯菜香，讓人忍不住盯著旋轉的微波爐流口水。將白菜滷放上熱騰騰的白飯，因為滷汁濕潤的白飯與略帶口感鮮甜的白菜滷，在口中瞬間融化。柔軟的口感能讓身心靈充滿富足感。

我把白菜滷冰回冰箱。胃暖暖的，感覺鄉愁被治癒了。

符合自己口味的食物真的是鄉愁的最佳解方啊！

COLUMN

遠距離戀愛

雖然有點記不清楚了，但那大概是我大學剛畢業的事。因為剛畢業，經濟上也沒有什麼餘裕，所以我通常是選擇坐火車往返南北。老舊的黃綠色車廂、四處被禮盒塞滿的行李架，以及密不通風的室內空間，伴隨著嬰兒的哭鬧和父母略顯過份嚴厲的喝斥，讓人感到難受。透過玻璃望去，看見冬日的荒蕪與春日的稻作交替在田野間展開。細小而整齊的秧苗在夕陽餘暉下險些看不清。遠距離戀愛的浪漫與吸引力，好像就是如此。越過千山萬水忍受一個人的路程，從南到北，稻田阡陌的景色變幻萬千，唯有我的心裡目的地始終如一，只為了見所愛的人一面。

一直到新冠肺炎出現為止，從未想過見想見的人會如此困難，甚至沒想過會遇上國境封鎖的情形，導致沒辦法輕易搭飛機見面，這可以說是我戀愛史上最艱難的一次。台日的距離說遠不遠，但物理距離是絕對殘酷的。我和男友訂下一些規則，比方幾點聯絡對方、傳照片和影片建立信任和安心感。因為時差，我會比較早起床，會先發早餐照片給他。上課時我會收到他的訊息，通常是一張統一陽光豆漿和一顆茶葉蛋的照片，彷彿能想像他在辦公桌前吃東西的樣子。晚上我在折襪子時發現一隻襪子破了洞，我立刻穿上並動了動露在外面的腳指，配上「哈囉」的配音，錄成短影片傳給他。除了和距離搏鬥，網路電話的通訊品質也隔三差五讓我難堪，比如視訊畫面卡頓，變成有三個眼睛、露出醜表情或是聲音跳針。有一次我打了三次視訊電話，因為網路不穩電話沒有撥通。這時候想法就會忍不住變得負面，情緒瞬間掉到谷底。消極地拿出宿命論，「是不是老天爺不讓我們談戀愛？」來自己嚇自己，甚至變得不想打電話了。所以每次掛電話的時候，跳出「您覺得這次的通話品質如何呢？」的視窗，都會忽然覺得火大。

決定要到日本留學時，他說：「想去日本讀書那就去啊，我支持妳。」這句話從來就不是空泛或虛偽的善意，而是打從心底希望我能夠追求我所喜愛的人生。或許他曾經在我面前顯露寂寞，但也從來不說「我希望妳不要去。」遠距離對我們的關係而言，不僅是試金石，也讓我確認他擁有一顆完整的心。即使不在對方身邊，仍能夠維持每天的日常，不因一人而廢物鬆懈，也不因一人而迷戀瘋狂。遠距離或許有殘酷的一面，但同樣也擁有溫柔的那面。我才發現，距離的遙遠不會對愛的平穩造成波瀾，更也證明了彼此都有顆成熟強大的心。我常常會想，也許是因為和他走過台日遠距離、走過疫情的紛擾、找工作的煎熬……我才決定選擇對方作為人生伴侶。知道這個人沒有我也能好好活下去的時候，他就會是最讓我感到安心的對象。

第四章

大公開！我學好日文的底層邏輯。

4-1

日文學習靠的是習慣養成

大學畢業後，我有整整兩年的時間沒有讀日文，五十音的片假名平假名時常還會搞錯，也記不太住。但在短短半年之內，我便完成五十音的複習、日檢N5到N3單字和文法的練習。而且當時我還是百貨公司櫃姐、是上下班時間很不固定的工作。我經常被朋友說「我懷疑妳一天有四十八小時！」讀日文、上班，還能撥時間出來打電動跟看動畫新番？我也常常收到「是如何管理時間才可以兼顧日文跟工作呢？」「這樣會不會很累不想看書？」……等諸如此類的問題。看到大家問我這些問題，我其實有點慚愧，因為我並沒有特別使用什麼樣的工具，或是制定詳盡的計畫表來分配我的時間，而是將「讀日文」養成習慣。融入每一天的日常活動當中。不是一天有兩個小時我一定要讀完這一章的內容、要看過幾個文法這樣的想法，而是讀多少並不重要，重要的是去讀它。一直到了「一日不讀日文便覺面目可憎」的程度，養成讀日文的紀律跟習慣。最後你的身體、腦袋、潛意識，便把讀日文這件事列為一定要做的事項。就不會想賴在床上發懶滑手機，或想再看幾集日劇和漫畫。自動將讀日文列入優先事項、必做清單之內。

我一天當中最重要的行程就是工作，佔據九個小時的時間。被安排到早班的話，就需要從早上十點工作到晚上七點。如果是收店班，就是下午一點才到櫃上開始工作，一直到百貨公司的營業時間結束。不過，每個百貨公司的營業時間都不盡相同，要去支援其他門市的工作的話，上下班時間也會跟著營業時間變化，非常不固定。雖然說每個月月初都會確定大致上的班表，但還是免不了遇上需要換班或是人力調動的狀況。也是因為這樣，我常常到上班前一天才再確認要在哪裡上班、幾點到班。從我描述中你大概會發現服務業上下班時間非常不固定，還很難控制分配。我索性扣掉吃飯洗澡睡覺，剩下的時間都拿來接觸日文。也許你會想問，那沒有什麼別的要做的事了嗎？說真的，除此之外，我也沒有想到什麼特殊的事要做了。除了上班還有吃飯睡覺洗澡，仔細想想那剩下的事情也沒有那麼重要。我遇到不少人認為選擇上班就沒有辦法兼顧日文學習，也會抱怨下了班怎麼可能還有力氣學習日文呢？我想，只是你還沒有習慣這種新生活。原先下了班就能滑手機追劇，一下子要改成學日文，本來就不是一件簡單的事。你日常生活的路徑裡，放不下「讀日文」的這段路徑。想要改變下班後的習慣和每天的行程，肯定要學會堅持和忍耐。

堅持每天早上七點起床，在上班前兩個小時抽空看日文文法。堅持在通勤時不滑手機，改聽ＮＨＫ日文廣播、或拿出題庫練習。堅持下班後回到家，睡前一小時再看三十分鐘。一開始你會不耐煩，覺得沉悶無趣。也會忍耐不住，好想和家人在客廳看電視跟追劇。每次心癢難耐的時候，我就會想我有多渴望成為一個有紀律而且能實現自己夢想的人？明明心中嚮往成為那樣的大人，為什麼卻選擇滑手機和追劇，那樣不就是單純癡人說夢嗎？因此有多渴望，就有多節制。節制迄今為止讓人半途而廢的生活路徑，節制被過去養壞的對事物的慾望。

如果你正苦惱時間不夠，也許可以像我利用工作空檔、通勤時間……等東湊西湊試試看。每天能多出兩至三小時。再加上休假日，每天能有四個小時以上的學習時間，一週肯定能湊出二十四小時甚至更多時間來學日文。計算後會發現，雖然只占一週時間的百分之十五，卻能養成一項全新技能甚至培養興趣，是不是很厲害呢？雖然時間相對固定，也比較碎片化，但是對於學日文來說是相當足夠。在半年的時間內絕對可以通過N3甚至是N2。我後來也是在用這樣的方式，在下半年準備好N1的應考內容。（雖然後來遇到疫情沒辦法應試就是了。）

我曾收過一些讀者提問像是：「如果很懶得讀日文怎麼辦？該怎麼找到動力？」答案其實就是「放棄」。放棄是最簡單的作法，因為不學日文人生其實也不會變糟。但是放棄可以讓我們看見事情的本質。就有點類似很多人說這家布丁很好吃引起了你的興趣「哦！好像不錯！」那個動力就沒有那麼強烈。可以再等有空、等排隊的人變少，結果等到忘記要吃的那一天。但若是發自內心想去吃的話，行動力就有很大差異。「排隊？那算不了什麼！我明天休假就去吃！」的那種感覺。你是為了跟風或炫耀才去吃的布丁？還是為了完成自己想吃布丁的願望呢？必須掌握心中的真實想法，才能找到動力並且驅動自己去行動。

那要是遇到了挫折又該怎麼辦呢？我在自學的路上，的確也遇到不少「真的不知道這是什麼意思」的狀況，更糟的是身邊沒有任何一個人在學習日文、也不認識日文老師或是日本朋友可以幫忙解答。那這個問題我會怎麼做？我通常會透過一些影音平台或是關鍵字看看別人怎麼解釋。但如果實在沒辦法找到答案，我會跳過這個問題，決定「等我下次遇到再說」，現在不急著解決。而結果多數的經驗告訴我的是，即使當下沒有看懂解釋和語意，也沒有什麼大不了的。可能會在題庫練習中逐漸理解文法或是文章的意思，甚至能夠活用，或是偶然機會下在動畫或日劇中聽到實際使用方式而豁然開朗。

自學時，過度鑽牛角尖反而會讓學習變得沉悶。因為語言是「活物」，也因此會有很多種版本的解釋方式。的確會難免感覺混亂。可因為鑽牛角尖，導致挫折灰心不想繼續學習、感覺困難最後放棄，才最得不償失。我不想要讓學習日語這件事變得討厭，就得去讓學日語這件事變得更接近沉浸、享受的狀態。我也會寧願選擇用更輕鬆的心態來面對問題。今天不知道答案沒關係，明天、後天、下禮拜我就會知道是什麼意思了，只是當下的我不具備足夠的知識跟方法來解答罷了。我會在累積的過程中找到問題的答案，當我找到答案的時候我會感到快樂和肯定自己的成長，用鼓勵來讓自己變成更愛做這件事。

讓我能在半年考過N3是嚴謹的紀律和輕鬆的心態，讓我能夠超越自己原先半調子的狀態。當然這並不是說我沒有娛樂。我還是會在週末跟朋友去看場電影、和男友去外縣市旅遊。休假時我偶爾會太投入讀日文，一讀就七、八個小時沒有休息，像是個學測備考生一樣戰戰兢兢。後來我學著強制自己休息或停下來去散步走動，以免過度投入反而讓自己壓力太大阻礙學習。也學會短暫休息兩小時，看動畫或是去買杯咖啡讓自己的腦袋放空一下。甚至我覺得「快樂學習」一本身就不存在，學習這件事算不上痛苦卻也絕對算不上快樂。要記下的東西那麼多、那麼繁瑣，快樂地把全部的內容都記下來？我想應該沒有這樣的事情。不過習慣養成後就會讓事情變得單純。剛開始時，我也會想要放棄、不耐煩。明明書就放在伸手可及的地方，但就只想滑手機。要是想改變，就得打開那本書，讓身體動起來才行，並專注在當下。一次一次的小小改變和忍耐，讓「讀日文」成為了每天生活必經的路徑，像呼吸那樣自然。

4-2

學日文該準備什麼樣的工具？

知名美國語言學家史蒂芬．克拉申（Stephen Krashen）曾針對語言學習提出一段假說，假說的概念剛好和我自學時的狀態很相近。他主張語言學習靠的是「可理解的輸入（comprehensible input）」，並在潛移默化中真正習得語言。首先需要透過大量的輸入學習材料，材料的難易度則需要稍稍超過學習者目前的程度，太簡單無法感覺到進步、太難則會感受到挫折。而學習材料則沒有任何限制，比方書籍、資料、影片都可以。學日文初期，我花了不少時間在教科書、影片、題庫上，用三種不同的形式來學習差不多的內容，也許有人會說這種方式很花時間，只管背下來就好了，但我認為那樣做難以融會貫通。在學日文的過程中，我也漸漸在腦中整理出自己的一套系統與邏輯，這套系統或許難以透過文字進行教學，卻讓我在學語言的路上無往不利，甚至從中培養出一種對語言的直覺。

每個人學日文的動機不同，有些人是為了去旅遊時能夠順利交談，期待讓旅行變得更加愉快便利，有的人是為了追星追番獲得第一手消息，也有些人是為了通過檢定，以下我就針對想盡快學會日文、通過日檢的人來分享，除了紀律跟心態的養成，我又是怎麼自學日文到N3，又用了什麼樣的工具呢？

我認為能分成三個大方向來分享，分別是書籍的選擇、影音教材的配合、題庫複習的頻率。

在書籍的選擇上，我是透過大量的調查，才決定該用什麼樣的書籍。日檢學習書大致上分成文法、單字、聽力、閱讀這四大類。自學時我先從文法、單字類的教科書開始。有一定程度後，我才陸續開始閱讀並使用閱讀跟聽力的書籍。我會在書局花一、兩個小時，把市售的書籍做分類。首先，我會把書店架上的日文教科書按照出版社來分類。比方眾文出版社、山田社、大新書局等知名的日文教科書出版社。分類過後，就會發現每個出版社注重的地方不太相同，也各有特色。像山田社就非常會整理文法跟對比、眾文出版社的內容則簡單易懂適合初學者、大新書局的書則比較適合由教學者帶領來使用，這麼做就會看見出版社製作每一本書的用心和角度，針對不同的學習者來設計。除此之外，我也很在意書籍印刷的紙張和裝幀，比方是否能一百八十度攤平、紙張是不是不太吸水、是不是滑滑的不太好做筆記等。不是先參考網路上的推薦或評價，而是到現場認真比較後才購入。當然，我也有過不小心踩雷，買了不適合的書，最後就放著沒有使用。雖然透過上述的摸索方式花了許多金錢和時間，但這也讓我非常理解自己需要什麼，不需要什麼。因此我建議，到書店現場，慢慢思考什麼書最適合自己目前的學習狀況。比方不太會整理筆記的話，可以選擇整理好筆記的書籍。就算「什麼都不知道」也沒關係，就從最簡單易懂的書籍開始下手，後來再陸續補充一些書籍跟教材就可以了。

再來是影音教材的配合。網路上有許多資源可利用，幫助自己更快理解文法。我會以中文的書面教材為主，一遇到書上看不太懂的地方，就會去 YouTube 搜尋免費教學影片。影片不只可以幫助你快速地理解文法，還獲得日文老師在教學經驗裡去蕪存菁的內容，就算是最基本的「ます・ません」動詞的肯定否定形，也不用擔心因為太簡單而找不到解說，我有使用過出口日語、日本語の森頻道的影片當作輔助，日文母語教學者能讓我學到更貼近日本人的發音和音調，還能訓練語感，更有助於練習聽力。這些頻道也會將同樣級數的文法整理成播放清單，方便在學習後複習，是很適合自學者的影音內容。

N4、N5的文法學到八、九成，單字也背得差不多時，我便開始加入聽力和閱讀的題庫做練習。我不是那種會瘋狂做筆記，或是把筆記寫得超漂亮的人，但我非常喜歡做題庫大量複習。自學時，並沒有老師可以給予我建議或是提問，所以就用題庫檢驗目前的學習成果。我對題庫的要求也很簡單，讀解一定要有詳解、聽解則是一定要有逐字稿。每一天我都會花時間寫個一兩大題，寫完後對答案，慢慢地從錯誤中學習。有不清楚的地方就再去翻教科書重新複習，在寫題庫時發現記不住的單字，就寫在筆記本中，最後集結成冊，利用通勤時間複習。剛開始學習日文時，對腦袋輸入大量的日文資料非常重要，有利於大腦學習跟整理，當你每天都泡在日文裡，就會發現自己慢慢在進步，看到日文時，就算不用在腦袋翻譯成中文，也能直接理解意思。

我在自學時經常會發生所謂的「靈光一閃」。比方看一段閱讀題時，腦中卻聯想到另外一本教科書中曾講解過類似的文法跟例句。能夠有這樣的表現，我想應該是大腦把這兩項東西做了連結和整理，就來自大量的輸入和觀察。有點類似煮咖哩時，雖然照著食譜煮，但總沒理由地有個靈光一閃，想加一點其他的食材。比方巧克力、蜂蜜、蘋果泥。我是怎麼知道這裡要這樣做？來自我吃過的咖哩、看過的咖哩、讀過的咖哩中，潛意識地、沒有理由地覺得這樣煮會更好。自學的人需要有「自己是自己的老師」的自覺。這個老師最了解自己的人，要有從眾多材料中找出合適自己的研究精神，要能去比較與刪除不需要的內容、對於不理解的也要有先忽略的智慧。

若不是為了想通過檢定而學習日文，也能看自己有興趣的東西就好。在學日文時大家肯定很常聽到：「他很喜歡日本動畫，所以日文學得很好。」因為能大量地輸入各種材料，就算是沒有學過的文法，也能自然而然地運用。剛開始可能有錯誤，但在經過幾次糾正後，就會知道該怎麼正確使用了。如果太在意該怎麼講、該怎麼寫，反而容易造成學習障礙。我非常推薦大量雜食地輸入日文，可若你屬於那種輸入太多造成混淆、反而拖慢學習的類型，也不用在學習初期就把這些素材想成是教材，光享受日文歌、看日劇，都會在潛移默化中訓練良好的語感，這也很有幫助。

我身上也曾發生過上述的例子，剛開始我的敬語真的怎樣都學不好，雖然在書上學過尊敬語跟謙讓語，基本的動詞變化也都懂，還買了商用書信的書，甚至去補習班上了兩週密集短期商用課程，卻還是學不會。這個學不會包括沒辦法自然地掌握動詞變化、不知道這個場面該怎麼講比較好、書信的寫法等等輸出相關問題，因此感到非常挫折。剛好那陣子由京都動畫製作的《紫羅蘭永恆花園》在網飛上架，我開啟中日雙字母，將全部十三集看完後，突然發現，我會敬語了！不只是看得懂聽得懂，還能正確使用。女主角的敬語使用得恰到好處，各個場面

都不怕失禮之外，發音還非常漂亮，講敬語時的抑揚頓挫也很適合學習。劇中還會在不同場面裡出現同樣的用法，比方說いただけますでしょうか、させていただいます這類長到讓日文學習者很頭痛的敬語，就用了不下百次，讓人不記住都很難。只要對想學習的內容有基礎的概念和知識量，就可以透過大量的輸入來快速理解。若是加上跟讀，那日文進步會更加明顯。

4-3

如何更有效率地記單字？

單字是語言學習之基礎中的基礎，也可以說背單字是學好語言的首要條件。擁有足夠的單字量，言語表達也會變得豐富，閱讀文章時也能更快速理解文意，同時也會增進聽力。不過是誰告訴我們要用什麼方法背單字的呢？回想了一下我這樣背單字的原因，發現似乎是因為小學時，老師跟我說「多抄幾次就可以記下來了」，我就一直深信這樣的方法行得通。不知道你在國高中時期準備升學考時，都是怎麼記住單字的呢？是不是也和我一樣用「抄寫」背單字長大呢？

不管是考高中還是大學，我也都是用這種方式，不停地抄寫直到自己記起來為止，甚至寫到手都長繭。考大學時我的英文拿了滿分，變向鼓勵我「單字就是這樣背」，用蠻幹就對了的氣勢來背單字，造成我一考完就忘。高中時我甚至覺得「背單字那麼簡單，有什麼問題呢？」背單字對我來說從來不是一件難事，看自己寫過的筆記本還蠻有成就感的。但是，是因為這個方式有效我才抄寫？還是只是為了自我滿足？現在回頭想想，好像自我滿足的成分高了點。

進入職場後，我發現高中那種背單字的方式變得沒什麼效果，真的就只是在死背硬記而已。土法煉鋼又不夠聰明，還比別人花更多時間、更沒效率，很常背過就忘。但這絕對不是因為我老了，而是我能利用的時間變少了。愛因斯坦曾經說過：「什麼叫瘋子，就是重複做同樣的事情，還期待會出現不同的結果。」我嘗試檢視自己背單字的方法後發現，過去學生時期有很多時間可以拿來重複抄寫，再加上課堂上可以複習，才有辦法記住。但現在的我，可沒有那麼多時間。若你也察覺到自己的方法沒有效果或效果減弱，務必參考其他人的方式來試試。別像我用國小學到的方法，一路傻傻地用到大，如果我在學生時期就知道換個方式學習，也許會學得更好，或是有更多時間可以發展別的興趣也說不定。

於是，我放棄抄寫十次的學習方式，改成在單字卡上寫一次就好。並用一定頻率的複習，將省下的時間拿去看更多文章或聽日文廣播。但這樣真的能記起來嗎？我剛開始也很懷疑。但我的確沒有忘記這些單字，因此我能用親身經歷提出一個結論，就是大量「抄寫」並不是單字記不記得住的關鍵，複習的頻率及輸出量才會決定能不能把單字記起來。

「間隔式複習」是一個這幾年相對受歡迎的概念，就如同它的名稱，意思是我們學過的內容，要「隔一段時間」後再複習。其實就是指過了一段時間後，我們會漸漸地遺忘，而大腦就是要在利用在漸漸忘記的過程中，嘗試去記憶庫當中找出這個單字。透過尋找的過程，訓練大腦記住單字，趨緩單字的遺忘曲線，進而提高記憶效率。也就是說，「一次複習一小時」的高強度學習只是硬塞進短期記憶，這樣的記憶效果比不上「一週複習三次，每次十分鐘」。

雖然背單字的頻率很重要，但也需要保持健康的心態。需要事先理解，第一、單字永遠背不完。第二、忘記是一件正常的事。坊間的單字書雖然整理出常考單字，但日檢主辦方可從來沒說過範圍到哪裡，教科書只是透過考古題整理出常見單字。因此考試時肯定會遇到沒有出現在單字書裡的單字。寫題庫時也會不斷遇到沒看過的新單字。若是因為太過焦慮而給自己太大壓力，讓大腦討厭日文的話，反而會讓學習效果下降。

若想了解背單字的要點，就得要先了解日檢出題的重點。考日檢時，單字部分可以分成「漢字」、「語彙」，漢字指的是漢字的寫法跟漢字音讀和訓讀，語彙就是需要理解詞彙的意思。舉例來說「りんご」這個單字是蘋果的意思，漢字則可以寫成「林檎」，也就代表學習者需要看到「林檎」這個漢字時，知道發音是「りんご」，同時也需要知道是蘋果的意思。日檢考試針對漢字跟單字的出題內容，包括漢字發音、漢字表記方式、文脈理解、同義詞替換、單字用法這幾大類。因此除了記住單字的發音，也要記住漢字、同時還需要理解意思，並選出哪個句子的使用方式正確。

教科書也通常會將「漢字」、「語彙」兩個部分放在一起。因為我們是中文母語者，對於漢字的學習相比其他國家的人更輕鬆，很多時候也能從漢字中推敲出大致的意思。語彙就考單字理解跟單字有沒有記熟，而漢字考題，則要記住發

音。比如這個詞有沒有濁音、促音、或是長音？這是最多人容易混淆的地方。比方「代表」這個日文單字的發音是下方哪一個呢？是有濁音的①だいひょう還是沒有濁音的②たいひょう還是沒有長音的③だいひょ？選項通常會很相近，也會讓考生容易選到錯誤答案。

實際上，我是怎麼利用間隔複習的概念來閱讀單字書呢？

首先，選一本你覺得符合自己需求的單字書。單字書有很多種排版跟裝幀大小，有一些主打輕便迷你的單字書，在設計上通常字不是太大就是太小，不論哪一種，我都覺得字很擠讀起來不舒服。甚至因為比較小本而沒附例句、沒標發音重音，還沒有音檔，這樣的書我就比較不建議選擇。再來就是單字書內容的順序設計，有的書是按照五十音的順序來編排。好處是方便查找索引，一翻開就可以看到整頁都是あ開頭的單字。有的書則是以主題式整理單字，比方以〈人際關係〉或〈日常生活銀行篇〉等為主題，列出該程度的必考單字。這麼一來，單字跟單字之間有關係，用主題串連學起來更有趣，也更容易聯想。選定單字書後，就可以開始記憶、背誦。比方說，第一天看二十個單字、第二天學習另外二十個單字之前，先快速掃瞄複習過第一次的二十個單字。第三次、第四次依此類推。過程中，一定會發現有幾個單字特別容易忘記，針對那些單字可以用便利貼做記號，提醒你要加強複習這個單字。越來越記得住之後，我就會撕掉便利貼。

如果你覺得帶整本單字書很重很麻煩，也能選擇把單字書的單字寫到單字卡上。在文具店買的單字卡通常都是正反兩面空白，一面我會寫上單字的漢字、讀音，另一面則會寫上該單字的例句。背單字時，除了看第一面的單字，也要看例句。我很強調例句的原因，是因為能看見該單字比較常搭配的動詞、助詞等。比方我們記「心（こころ）」這個單字，知道是心臟的意思。但若能把搭配的助詞跟動詞一起記起來，就會讓日文學得更道地更快。透過例句「この曲に心を奪われました。」就能知道「心を奪われる（こころをうばわれる）」這個慣用用法。例句和單字相輔相成，缺一不可。當然，除了「看到」單字，「發出聲音」的練習也是必要，但卻是最多人忽略的。過度側重視覺學習，容易導致口說遇到阻礙。若當下環境不太適合發出聲音，我都會用極小聲的聲音來唸，或在心中默唸，再加上嘴巴做出口型來幫助記憶。當然，我也很推薦將單字書附贈的音檔放進手機裡，邊聽邊學發音、搭配單字卡的話，會進步得更快。

利用上述方式，就能輕鬆背下單字，不用再抄到手痠或長繭，也很適合忙碌的現代人利用瑣碎時間來學習。不管是通勤、午休、甚至是上大號，都能輕鬆複習。換成這個學習方式後，我覺得真的是棒透了！因為讀書變得單純，只需要專心在書上，用大腦想過一次、用嘴巴記住一次、耳朵聽過一次。不用管抄寫錯誤、需不需要橡皮擦、筆芯斷掉了之類的，更不會打斷自己的思緒，還能用更少的時間來記住更多單字。相信不只是日文，各種外語學習都適用這個方法。

4-4 文法是看待世界的一種方式

如果你去問日文母語者，會發現他們的腦袋裡其實並沒有清晰的文法概念。但我們能從被整理過的文法中，理解日文母語者和中文母語者是用不同的視角在了解這個世界。比方日本人說「プリンを食べます」。是把プリン（布丁）這個名詞放在動詞前面，並加上助詞表現兩者之間的關係。當我學日文越久就越能理解到，日文是一個將「自、他」分得相當徹底的一種語言。動詞絕對不會和名詞黏在一起，一定是透過助詞表現兩者的關係。也許是因為日文非常在乎人、事、時、地、物彼此的關係，養成了母語者潛意識觀察關係、距離的習性。我常常在讀日本翻譯小說或散文時，訝異於作者對事物的觀察為什麼總是那麼鞭辟入裡？看日劇時，我也經常會有「日本人對事物的描述非常精準」的想法，甚至是被台詞打動。

把「プリンを食べます」翻成中文就是「吃布丁」，把動詞放在前方、名詞放在後方，簡單疊加就能完成一句中文。也因為中文母語者無法從母語中找到助詞概念，導致許多人在學文法時，會不太能理解而腦袋打結。但只需要把文法想成一種被研究、歸納、整理出來的語學道具就可以了，我們要做的就是好好利用這個道具。至於日本人為什麼這樣用？為什麼這樣說？也許語言學家可以透過研究找出這個用法誕生的原因，但我想那應該不是普羅大眾學日文的目的。目的應該是能在日常生活中自由地使用日文才對。因為台灣的教育觀念，讓許多人在確認「標準答案」之前，都會有很強烈的恐懼，怕被糾正、使用錯誤，而不敢開口說日文。然而，並沒有人一開始就能講出完全正確的日文，即使是已經學日文很長一段時間的人，也難免會出錯。所以你需要的，是在一次次的練習中，減少錯誤次數，而不是一味追求完美。克服這個心魔後，肯定能幫助你更快學好文法。

我自己覺得，文法就有點像是元素週期表的元素符號，必須要先記下化學符號代表的意思，這樣在看化學式時才不會看不懂。如果沒有基礎的文法概念，在看文章時，就只會覺得是一堆五十音符號組合在一起而已。學文法，我除了檢定文法教科書外，再來就是利用串流平台的影音教材。以教科書的內容為主軸，並搭配影片講解，是我覺得最好的自學方式。從一個個單字開始，到加入文法的概念，日文學習的齒輪才算正式轉動起來，並慢慢地在體內潛移默化跟累積。日文裡有許多類似的文法，我在學習時很常會把文法分類。比方說這個文法是表達「依賴」？「可能」？還是「禁止」？丟進我腦中的資料夾做分類，幫助自己快速比較相近文法的差異。

和單字書一樣，我會建議你到書店去繞一圈，研究適合自己的文法書是哪一種，市面上有以考日檢為主要訴求的文法書，也有主題式編排的文法書，甚至有的書是需要老師帶領來使用。不是為了考檢定而學習的話，用檢定方式整理的條列式文法書讀起來就會很枯燥。像這樣的學習者，我個人蠻推薦由五十嵐幸子所寫的《我的第一本日語文法：一看就懂的日語文法入門書》，作者書寫的內容深入淺出，很適合自學者慢慢學習，跟著書籍的編排就能對文法有基礎的概念。

另外一本則是日文學習者的共同記憶——《大家的日本語》，這也是我的用書之一。《大家的日本語》融合了單字、文法、聽力等內容相當豐富。雖然是本課堂用書，但正因為很多人使用，所以串流平台上的影音資料非常多，也是這本書的絕對優勢。我將第一、二冊《大家的日本語》搭配影片讀完後，才開始用專攻檢定的文法書。會這樣做的原因是，剛開始自學並沒有老師陪在身邊，如果直接拿檢定書來用的話，肯定會覺得不知道這一段想講什麼？為了避免這個狀況，有很多免費解說影片的《大家的日本語》就是非常好的選擇。

有一定基礎後，我改用山田社出版的《絕對合格》系列，以及許多考生愛用、由亞洲學生文化協會編纂的《TRY》系列書籍。跟著書中的編排學習、看到不會的就上網查資料。從大阪回台灣考N1和BJT時，我是買文法書回來自學。文法的複習和記憶方式，和上一章提到記住單字的方式很像。間隔式複習是我覺得最有效率的方式。

我會在筆記本上寫下文法的意思和例句、記下接續的方式和內容，是原形還是過去形？是名詞還是形容詞？比較特別的是，在我開始學習中高階日文時，我便減少用中文學日文，改用日文學日文。因為日文的文法有許多中文翻譯很像，但語感有些微差異，或是帶有正面、負面不同意義的文法，如果只用中文學習，極有可能學得不徹底，或是對於該文法的認識很模糊，也很難記住日文的意思。當看過一次該文法的日文解釋時，就更能區分相近的文法。對於之後的聽力、閱讀判斷文意都有幫助。我覺得對於中高階的日文學習者來說，日日學習是必須的。我很常使用名叫「每日のんびり日本語教師」的網站。這是一位日文老師所設立的網站，每個文法，除了有日文解說外，也有中文翻譯。搭配的例句也非常有趣、好記憶，是我非常推薦的學習資源。

文法學習還有個簡單的方式，那就是多買一些題庫來寫。題庫除了能大量複習之外，也能找出自己不熟悉的文法。就像篩子，能將不熟悉的文法篩出、幫助爬梳不清楚的文法概念、記不熟的接續形態。只需要再針對這些被篩出的文法做二次複習，就能加快學習效率。市面上題庫百百種，一定要選擇詳解自己看得懂的那種。沒有詳解的題庫就比較不建議使用。寫題庫時，我也會將錯的題目用螢光筆畫上記號，在錯誤的題目旁寫下該文法的用法。這對日檢考前衝刺複習很有幫助，大量做題目能加深自己對文法的認識和掌握度。

經常有人問我「文法很枯燥，該怎麼保持學習熱情？」這個問題沒有辦法讓人來代替你回答、告訴你如何找自己的熱情。對我來說，學文法就是像是學程式語言、像是記住元素週期表。剛開始雖然是很無聊，但與其想各種方式讓它變得有趣，還不如耐得住無聊更加簡單。這世界上任何事情似乎都是如此，不具備基礎能力就不可能會讓這件事變有趣，甚至是駕馭。想想你工作到職的那幾天，是不是總是在想辦法搞懂該怎麼操作公司的系統？你不會說「這個東西好無聊，我不想學」，所以剛開始可能會有點不舒服，但還是要忍耐地去做。市面上主打「速成」的書籍標題總是會引起許多人的購買慾，但卻讓人誤會學習可以速成。學習語言並沒有速成之道，有「有效率」的方式，但絕對沒有「速成」的方式。想成為領域中的專業，需要的就是付出。

現在是能透過網路資源免費學習的時代，所以對現代人來說「該如何善用網路資源學習」就是我們的課題，也讓自學變成一種潮流。網路上也不乏各種「該怎麼自學」的影片。但我想，讀到這裡的你，肯定會發現自學的路是非常需要毅力和耐心，甚至學習者還需要擅長整理跟規劃、蒐集資料。自學的優點是可以自由安排學習內容，可以省下去補習班或請家教的費用，雖然比較費時，但可以按照自己的節奏來進行。然而，缺點就是，沒有強烈目標或動機的人，會沒辦法長久持續下去，在放棄和開始的惡性循環中輪迴。所以學習時，要弄清楚自己是什麼樣的人、該用什麼方式來做比較好。

雖然找老師並不會解決你認為文法很枯燥的問題，但找到對的老師，能省下時間，也能更有系統性、建構式的學習日文。我在準備N2時，因為文法越來越難，想要有老師可以請教，也因為中高級的學習資源相對比初階少，我就開始去上補習班。所以我並不會鼓吹「日文自學就可以了」這種說法。後來去大阪讀語言學校，也是出於一樣的原因，當我認為「目前的我需要這樣的資源」，我就努力去安排、做滾動式調整。不如說去補習班、去語言學校是我為了自學所安排的過程。一個人要是能夠用自學的態度、加上老師的協助與規劃，日文肯定會學得比別人更快更好。

4-5

日文閱讀力養成方法

當我們擁有了一定程度的單字量、能夠理解文法、了解助詞在日文中的意義和角色時，就能開始看日文文章，做閱讀練習。閱讀文章能檢視單字量和文法學習是否有步上軌道，若發現自己通篇文章有五成看不懂的話，就建議認識更多單字和文法後再開始練習。我在前面章節提到的教科書中，也有日檢的讀解練習題，但我認為那些題目量遠遠不夠。日檢讀解題是我認為最輕易可以拿分的單元，不管是什麼級數的題目其實都不難，難的反而是閱讀速度不夠快，趕不上考試的時間，最後沒寫完導致失分。讀解題庫的練習，絕對是所有題庫中性價比最高的。只是閱讀文章，就能同時練習單字、漢字、文法。相比枯燥、條列式地記下文法和單字，閱讀不只更有趣，透過文章的故事和脈絡，也能幫助記憶。

但我卻很常聽到「看長文好痛苦」，我認為這和內容是用日文還是中文無關，而是多數人被這個強調快速的時代給寵壞了，不管發生什麼事情，網路上總會有被整理過的資料或懶人包，也因為習慣了短影音等資訊，讓我們不容易專注，弱化我們整理資訊的能力。因此，看中文長文會很不耐煩的人，看日文大概也會覺得辛苦。除了不容易專注之外，我也注意到，平時接觸內容較為侷限的人，在讀解時，很常會有「明明日文都看得懂，卻不懂他要表達什麼」的感覺。我考日檢時，有一大題的長文讀解，內容是作者對於「愛」的想法，內容觸及哲學等抽象內容。因為我平時喜歡看這類型的中文書籍，我就比其他人能更快了解這段文章的內容。比方說，有一題文章描述塔羅牌是由七十八張卡牌組成，分別是二十二張大阿爾克那和五十六張小阿爾克那。沒學過塔羅牌或平時沒在關注相關內容的話，就會花更多時間解題。

任何事物都一樣，只要刻意練習幾次就能習慣，變得游刃有餘。我剛開始寫題庫時，也常常會有「要多看好幾次」才能理解的狀況。所以不要輕易放棄，一定要持續練習下去，漸漸就能訓練腦袋習慣日文文章的結構組成跟常見表現。久而久之就能抓到重點、甚至越看越快。一但習慣了，就不會覺得特別痛苦。

我買題庫回家後，做的第一件事，就是利用書籍的目次，在每個小節之前寫上自己做題目的日期，確認所有題庫寫完的時間點。通常將寫最後一個題庫的時間點安排在考前一個月左右，這樣才能預留時間做複習，也可以利用這個方式回推自己該在什麼時候開始寫題庫。平時寫完對答案後，我會先在單字卡上記錄我不會的單字，並查字典寫上例句。之後複習單字時就能一併記憶，再針對寫錯的題目參照詳解找出錯的原因。有時候是因為沒有理解題目、有時是因為我自己腦補了一些文章裡沒有的內容，才回答錯誤，你會漸漸被題目訓練，並適應日檢的出題方向。

我也會參照中文譯文，確認自己理解的日文並沒有錯誤。並且針對看不懂的句子來分析「為什麼我不能理解？」比方說：這裡為什麼是用這個助詞？為什麼用這個語氣結尾？又或是因為這個句子中出現了不懂的單字或文法，導致自己選錯……等。當時我使用山田社出版的《新制日檢絕對合格 N3, N4, N5 閱讀大全》這本書。題目內容相對簡單、題庫詳解跟中文譯文都寫得淺顯易懂，非常適合剛開始自學的新手。準備日檢一級時，我在台灣的紀伊國屋買了《讀解攻略！日本語能力試験N1レベル》，是日本出版社「スリーエーネットワーク」出版的題庫。雖然價格是一般題庫的二到三倍，但還是很慶幸自己有買到這一本題庫。雖然是全日文內容，但我覺得完全不影響準備。考題相當有鑑別度，也是使用過這麼多題庫以來，第一次有書設計表格幫助學習者記錄、計算答題率的，甚至還有檢查表能做讀解的弱點分析。

那讀解到底要「解」什麼呢？主要是將文章結構拆解並理解文意。日文是透過助詞來確定單字和單字之間發生的關係。因此將句子分成主要和次要兩部分拆解再閱讀的話，就能降低閱讀的難度。比方由NHK寫的新聞「最も高いものが定員4人でドリンクの飲み放題が楽しめるテーブル席。お値段はなんと5万円だ。」我在寫題庫時，就會用鉛筆在題庫上畫斜線，區分主要和形容修飾來閱讀。就會變成「最も／高いもの／が／定員4人／で／ドリンクの飲み放題／が

／楽しめる／テーブル席。お値段／は／なんと／5万円／だ。」拆成這樣是不是比較好理解呢？中文翻譯是「最貴的就是可以坐四個人，並且享受飲料暢飲的桌位，居然要價五萬日幣。」我們可以再看得短一些，比方「定員4人でドリンクの飲み放題が楽しめるテーブル席」這個句子，就是將「定員4人でドリンクの飲み放題が楽しめる」當成修飾，來形容後面的「テーブル席」。那這個「テーブル席」是怎麼樣呢？是「最も高いもの」其中最貴的。只有多拆解幾次，你的斜線也會越畫越少，自然能越快看懂。

日檢閱讀題分成短文、中文、長文三種長度。用題庫練習時一定要計時，可以用手機或桌上計時器來計時。先在題目旁找空白處寫下自己所花的時間，你會在一次次練習中發現自己寫的時間越來越短。進步的成就感是每個學習者都值得享受的。通常答題時間的基準，大致是短文三分鐘、中文五分鐘、長文九分鐘內看完文章且完成答題。日檢一、二級的部分較長文章，則建議在十二分鐘內作答完畢。

也有很多人學日文，並不只是拿來考試的。想訓練閱讀力也有其他有趣的方式。很推薦閱讀小說、漫畫、雜誌這類型的內容。不需要了解或是學會全部的日文，但可以挑選自己感興趣的部分來學。我經常會想，如果我有日本朋友，最想和對方分享什麼內容呢？而我是不是能夠流暢地表達那些我想講的內容呢？如果我想分享穿搭、美妝、做瑜伽等平時的興趣該怎麼辦？相關的單字和文法，很有可能不會出現在單字書或是題庫上，而是出現在時尚雜誌或是美妝平台等。比方對衣服顏色的描述、有泡泡袖設計的衣服名稱，這些單字書上不太可能會寫的吧？就算不特地買書也沒關係，只要用日文 google 搜尋就能了解，還有許多精美的內容網站可以看！

這樣的學習方式同樣是「可理解的輸入（comprehensible input）」，只要對腦袋輸入的越多，久而久之腦袋中對於這些內容的日文描述、單字自然就會變多，就越能夠用日文暢所欲言。若喜歡看日文小說，也很推薦村上春樹、中田永一等作家的著作。文筆流暢、故事引人入勝，使用的日文也不會太難。閱讀是件讓人放鬆的事，讓自己感覺舒服、好奇的內容就是好的內容，即使不喜歡看書，也可以透過偶像劇、動畫，甚至是利用推特學習。總之，用自己喜歡的節奏來享受學日文這件事吧！

4-6

聽解高分與聽力養成的祕訣

說到聽力養成，多數人都以為多聽幾次就能聽懂了吧？但是我認為「多聽」是讓人習慣日文的聲調、語速，而不是去聽「懂」。決定有沒有聽懂的關鍵是其他的訓練，比如單字有沒有背熟、能不能理解連接詞的意思、對文法熟不熟悉、文法在句子所代表的正負面語感……等，都會影響我們的聽解能力。

但無論是中文或日文，在聽的時候，我們其實都不會將說話者的原話全部吸收。省略部分單字或助詞也很常見。大腦會自動從句子中，抓出重點單字來分析。若有沒記清楚的單字、不太確定是正面還是負面意涵的文法出現在句子中，又剛好是重點的話，我們就無法理解這句話的意涵。而且人與人的溝通，不單純只靠語言本身，還包括肢體、表情、聲調。藉由這些來幫助我們判斷對方是悲傷、嚴肅、無奈，也能加快我們理解的能力。我覺得日文動詞「聞き取る」將這個過程描述得非常精確。由意思為「聽」的「聞き」加上有「拿取」、「掌握」之意的「取る」組合而成，形容從一段聲音中截取出自己認為重要的部分，藉由這個動作來「聽懂」。

在與人溝通或考日檢時，首先要做的，並不是追求一定要把每個單字都懂或翻譯成中文，而是掌握當下的對談重點。是否能掌握對談重點的最大前提，當然就是單字量是否足夠、對文法的熟悉程度，同時還有對日文語速的習慣程度，都會影響聽力的練習與理解。所以多聽不同主題的內容、熟悉單字文法都是提升聽力的好方法。

實際上，練習聽力的作法很多，就從最基礎的單字開始說起吧！以下都是我經常使用的練習方式，首先是單字的教科書，現在很多書都會提供網路音檔，只要將音檔下載到手機，就能利用通勤時間來聽。邊聽邊拿著單字書跟著背誦記憶，非常有效。聽的時候，要注意重音、長音、促音的發音表現，最經典的例子，就是筷子和橋的「はし」，重音位置不同，意思也不同。還有「おばさん」

跟長音的「おばあさん」這兩個單字，阿姨、祖母兩個可是差了好幾十歲，沒聽懂可能會鬧笑話。

不過，日檢聽解有固定的題型，習慣題型和了解出題方向後，才比較好拿分。聽解的題型基本上有「課題理解」、「重點理解」、「概要理解」、「發話表現／即時應答」，日檢一、二級也會考「統合理解」。有的題型能從考卷上的日文選項推敲出該聽什麼重點，有的則是完全沒文字選項，需要邊聽邊做筆記，最基本的當然就是要注意主詞、時態、連接詞。若是跟順序相關的情境，也要將順序記下來。從對話情境中抓出大題重點，推敲會問什麼內容。這些都需要透過多做題庫來習慣，譬如「統合理解」這個題型，最常考的就是在對話情境中，通常會出現二至三個人，會各自提出意見或選擇，比方說想選擇的餐點或旅遊方案等等。這類的對話情境會非常長，考生需要統整出正確資訊與情報再進行答題。要是平時沒有做題庫練習的話，容易把注意力放錯的地方。

用題庫練習的好處，除了事前熟悉題型，還能確定日文的逐字稿。好的題庫會在詳解附上詳細的中日對照，甚至針對選項做出解析、畫出題目應該要注意的重點。對於不會抓重點或自學者來說相當實用，初學者聽不懂單字或是對文法不熟悉，選擇題庫當教材，也能夠依循路線來學習。

多做題庫練習幾次後，就可以分析自己擅長與不擅長的題型，透過自我分析，來加強擅長的部分，嘗試拿到該大題全部的分數。我個人認為最好拿分也最擅長的是「發話表現／即時應答」這一大題。因為只有三個選項，所以答題時間較短，同時也很考驗反應力，然而主要都是打招呼的慣用語、請求依賴等相關內容，問題並不會太過發散，也相對較好掌握，只要多練習一定能拿到分數。大多數人較不擅長的「概要理解」大題，因為試卷上不會有可以推敲題目的線索，題目的內容也很廣泛，我曾寫過關於股價、廢水處理、小學教育之類的題目。內容可以從天文宇宙講到經濟教育，出題的範圍很多元。需要從論述中理解說話者的主張，也很考驗考生平時的涉略。至於「概要理解」的題型，因為不會事先知道問題，我剛開始練習時常常「不覺得他有講到什麼重點」，音檔就播完了，只能匆忙聽題目跟選項，憑感覺跟記憶答題。要練習到能夠知道該從什麼角度切入去理解這段情境對話，並且抓出說話者的主張。最後要注意的是音檔的速度，我練習時通常都用一・二五倍速，考一級時用一・五倍速聽，給各位當作參考。

想要習慣日文，也可以聽 Podcast 節目。這些免費資源，多是由語言學校、出版社等單位錄製。像是《桃李日文留聲機》、《あかねの日本語教室》就很適合初、中階學習者，兩者都是由有教學背景的老師或機構製作，語速也會放慢，配合初學者，內容也比題庫有趣得多，像是台日文化差異、日本童話故事分享、解析等，有中日解析翻譯，甚至還有提供文字對照。而高階學習者，我會推薦像是《朝日新聞》或是《日テラ》這類由日本新聞機構出品的節目，內容包羅萬象，涵蓋社會民生、日本政治，到體育、股價等話題。

現在我經常聽日本知名生活家居選物店「北欧、暮らしの道具店」的談話性節目《チャポン行こう》，每集內容都非常療癒，像是度過梅雨季的方法、家人相處問題、談戀愛時「喜歡」的基準是什麼等，和新聞正經嚴肅的語氣不同，很有跟日本朋友閒聊的感覺。此外，我也建議利用串流平台看日劇或動漫，開中日字幕。對日劇動漫沒興趣也沒關係，利用 YouTube 搜尋日本頻道看美食旅遊、看減肥重訓，甚至化妝保養、穿搭教學、遊戲實況，什麼內容都可以。習慣不同男聲、女聲的語速和說話節奏，對於培養聽力都很有幫助。不同的人也會用不同的單字和文法表現，觀察日本人用了哪些文法和單字，對我來說也是一件有趣的事。多方嘗試不同領域和內容，有助於讓自己的日文能力更上一層樓。

想把一個語言學好，沒有速成的道路，只有靠努力，才能真正改變自己。當那個時刻來臨，你不需要別人來告訴你有進步，下次聽到日文時，就會知道自己變得有所不同。只要持續努力，總有一天你會享受進步的喜悅，並給予自己無限的肯定。也只有這樣，才能不斷地累積實力和鞭策自己。

4-7

為自己打造持續輸出的練習環境

我們談論的學習方式，主要是關於「輸入」的學習。那麼該怎麼將日文應用在生活當中呢？

語言只要不使用就會變得遲鈍。不嘗試發出聲音、不與人交流、不練習，就會漸漸遺忘。所以要養成無時無刻學習的習慣，並製造學習環境，我騎車時，看到交通號誌，就會想「日文怎麼說」？遇到不會的單字就記下來去查、每天讀日文新聞、用日文查資料、用日文寫日記、跟著偶像劇台詞唸、播放聲音檔重複跟讀，也養成用日文學日文的習慣。可惜的是，我無法告訴你這樣的習慣和個人經驗如何「養成」，但我會問，拿起這本書的你，是否有拿出與心中理想相應的行動與意志力？因為行動與意志力才是養成習慣、願意為自己製造環境的關鍵。人必須要不倚靠他人驅動自己前進，才能讓心中的小小星火燃燒燎原，因為我不相信世上有不勞而獲的事。

我認識一位完全沒有口音的日本人。第一次跟他說話的時候，我還以為他是台灣人。我問他，你是怎麼練習的呢？他說：「就是逼自己每天重複講同一句話，把腔調練習到跟台灣人一樣為止。」他會聽音檔跟著模仿唸一百次。「真的是一百次喔。」他說。日本有位叫樺澤紫苑的作家，曾寫過一本日本亞馬遜排行第一的暢銷書，中譯《OUTPUT 最高學以致用法》，書中有個非常棒的概念：「輸入改變的是大腦世界，而真實世界的改變則要靠輸出。」我也相當認同。

透過寫、說、用，才能真正學會這項技能應用的方法。這也是為什麼許多學外語的人，總想要去留學，為自己打造一個不得不輸出的環境。一味埋頭苦背文法、單字，而不嘗試自己說說看、組織句子、寫日記，日文程度永遠都會和大量練習輸出的人處於不同等級。我在家看動畫時，都會學喜歡的角色跟讀台詞。打個比方，《咒術迴戰》的五條悟每次說「領域展開」時，我都一定會因為太帥忍不住跟著唸，要我忘記「領域展開」這四個字怎麼發音根本不可能。至於敬語的練習，我則是用動畫《紫羅蘭的永恆花園》來跟讀，後來我也會跟著《我的幸福婚約》的角色腔調來練習。學習者自己也要能夠判斷適不適合在日常使用，若是平常沒有看動畫的習慣，也能換成其他素材。

我在台灣都是透過教學平台和參加台日交流會來維持日語能力，每個月參加一到兩次的台日語言交流會、網路課程大概一個禮拜會上一次課。事實上，為了維持日語能力，我的確花了不少時間跟金錢，但我認為這是一件理所當然的事。我也透過和日本人交流，不斷學習新的用法。許多日語學習者最苦惱的敬語，我又是如何創造練習環境的呢？也許你會很難相信我有多瘋狂，但前幾章有稍微提到，剛從日本回台灣的我，因為疫情日檢停辦沒有順利考取，我轉考商用日文檢定。當時為了創造讓我練習日文的環境，我硬著頭皮找一個要用日文的工作。就算要有日商工作經驗、要有N1檢定證照、要用日文寫履歷，面對未知我仍咬牙挑戰。當時每次有人問我為什麼要做這個工作，我就會有點心虛，其實也沒有什麼遠大的抱負，就只是「我想要用日文工作」罷了。

經過工作的洗禮，現在的我已經能輕鬆完成一封商用日文書信，和日本人開會溝通、甚至是洽談合約、幫朋友修改商用書信。已經足夠我完成當初心中所描繪的理想，日文的輸出和輸入，已是我日常生活不可分割的一部分。短期留學結束後，我就一直為自己打造可以持續輸出的練習環境，至今已邁向第四年。

我有個同事曾問我：「為什麼要執著在日文上，投入那麼多時間去學習跟保持習慣？」我說：「就像有些人健身，他會上教練課、花錢買高蛋白粉、嚴格規定飲食、按表抄課要做幾組胸推那樣吧？」不論如何，其實是想要達到一個「理想的狀態」。對我來說，「會日文」已不單純是語言，而是一個嚮往的狀態。想讓自己的技能保持一定水準，這點成本的維護其實不算什麼。只要去做在自己能力範圍內，所能做得最多、且最適合生活節奏的事就很棒了。因此，如果你對眼下的自己已經感到很滿意，那就繼續維持下去就好。沒有必要因為他人說「你這樣半調子」而感到不舒服、也不需攀比。但若當你想要改變當下，心底有個聲音希望自己變得不同，就要有計劃地去做。

4-8

ＢＪＴ是什麼？對敬語學習是否有幫助？

身為一個考過ＢＪＴ、Ｊ－ＴＥＳＴ、ＪＬＰＴ這三種檢定的人，我認為我很有資格來聊聊ＢＪＴ是不是對於求職有所幫助。若你去查ＢＪＴ到底是不是一張有用的證照，有高的機率會聽到「Ｎ1比較重要」的說法。但因疫情影響，我的應考順序和多數日文學習者有很大的不同。我先考了商務日語能力測驗，然後才考日檢一級，我有段時間是只有一張商用日語檢定的狀態在求職，我反而不覺得「Ｎ1比較重要」。

ＢＪＴ商務日語能力考試，是由公益財團法人日本漢字能力檢定協會所舉辦，針對商務人士的一項語言檢定。檢定並無合格或不合格之分，而是用取得的分數判斷目前的商用能力程度。並將程度分成了由Ｊ3到Ｊ1＋的六個等第。

滿分為八百分。多數考過N1的人，大多會因為個人差別而落在四百到五百分這個區間，並被判定為J2程度。而另外三成的人可以拿到五百到六百分，判定為J1。極少數人可以超過六百分，拿到最高J1+判定。因此我個人會建議以六百分作為努力的目標，拿到這個等級的學習者，被認為可以正確地使用商用日文，且在任何場合的商用會話都能正確理解、商務書信的使用也相當熟練。要拿到這個分數，我覺得有點挑戰性，這項測驗除了能自我檢測，當然也能作為公司在人力評選的參考指標。

我個人認為，這項證照的優點，是能將你與其他日檢一級合格者區分開來。因為求職者基本上都會有日檢一級的證照，一級就是一張入場門票。有加分效果的，除了在日本工作的實際經驗、留學經驗，就剩下這張商務日語能力證照。因此，我不覺得這是一張沒有幫助的證照。但若你有研究過商務日語能力測驗的考題，相信你也會對題目內容感到驚訝。題目分成聽解、聽讀解、讀解三大類，一共八十道題目，必須在兩小時內作答完畢，平均每題回答時間不到兩分鐘。有超過八成以上都是聽解題，且無一例外全是敬語。兩小時內需大量輸入敬語，並即時作答。彷彿就是開了場全日文的商用會議，還要一邊看圖文資料，一邊在腦內理解翻譯。商務日語能力測驗是有挑戰性的，它並不是考你是否知道這個單字、有沒有辦法選出正確的答案，而是在日文程度有一定水準的前提下，設計一套需要嘗試去整理、推敲，並找出資訊中的重點的題目。我也認為，利用這項檢定來作為自己學習敬語、嘗試融入日本職場的依循指標。將測驗作為學習標的，能幫助我們更快抓到明確的敬語學習方向。

我會建議有以下基礎的人準備這項考試。第一，準備過N2、N1的考試內容。第二，對敬語有基本概念，能理解尊敬語、謙讓語、丁寧語。滿足上面兩項條件再去考才不會浪費錢。考前我做的第一件事，就是複習敬語的基本概念，並背熟動詞的敬語變化和接續方式，最後就是在考前一個月刷題庫。我在市面上買到的只有大新書局出版的題庫，分成了「讀解」和「聽解・聽讀解」兩大題型。老實說，我覺得這兩本書單純就是拿來熟悉題型的，但不練習也不行，雖然有點貴我還是咬牙買了。

這項測驗是為了社會人士所設計，所以只要報名就能隨時考，並不需要領准考證或是等測驗日期公告。目前台灣能在台北、台中、高雄三個考場應試，考試也不會有紙本題目，而是全部上機考。因為從沒這樣考試過，那時我印象非常深刻。首先是報到時，工作人員請我出示了護照和信用卡的英文名稱作為核對，並引導我去考試的房間。結果房門後居然還有更多的房間！彷彿看到不可告人的實驗一樣，整體空間設計相當獵奇。打開小房間的門，就是一張書桌、一張椅子和一台電腦。工作人員將電腦設定好後，就可以開始作答，考試前還會幫你拍照，那張照片居然就是證書列印時的照片，當時我可是蓬頭垢面，所以建議很在意的人畫好妝、穿戴整齊再去（笑）。考完試後，馬上就會收到一張分數報告，三天後就能上網列印成績認定書。非常刺激！

不同的工作所需要的程度也有不同，有些可能根本不需要日文能力，光用英文就能夠在日本工作的職缺也是有。公司對於日文程度的要求也不一，曾有個朋友曾經找我諮詢，她說自己是「日文卡在生活會話到商用之間，可以拿來談戀愛，但是工作有點困難的程度」，然而當時她正考慮投遞在日本的日商工作，履歷書和面試都是全日文，因此對自己的日文能力感到很擔心。我告訴她，凡事起頭難，先不要擔心自己是不是有沒有商用能力，而是盡自己最大的努力去得到一個能用商用日文的工作。

學敬語的大多數人，因為平常用不到，所以在進入職場前肯定都很不熟練。每個熟悉敬語的人，都有一段菜鳥時期，都是透過實戰訓練、日商公司內部文化洗禮後，才理出一套使用敬語的方式。想要用日文工作的你，需要的不是自我懷疑，而是經驗和敲門磚。我鼓勵她先去嘗試，「先不要把那道牆想得太高。敬語能力就算沒有到，也不一定會是他們評分的最要點。」結果不到一個月，我朋友自己也很訝異地說：「我拿到內定了……」有了這個例子，我們可以知道，其實沒有你想的那麼困難，你比你想得要更好。在準備履歷、面試的過程用點心，一定能達成目標。

我想起有次公司招募日文工讀生，因為部門內會日文的只有我，於是我理所當然成為面試官之一。當時面試到不少日文系大四的學生，我講述一個簡單的情境題，請應徵者用日文寫一封詢問廠商庫存的信件。寫不出來、直接說「不知道」就放棄的人不少，少數幾個能使用丁寧語書寫並表達意思，而能使用謙讓語寫好一封完整信件的卻一個也沒有。我想說的是，不要擔心自己因為商用日文程度不好而找不到相關工作，而是去思考，為了這場面試，你嘗試了多少？最後得到這份工作的，是用簡單的丁寧語寫出信件的女孩。後來工作上每次我請她寫信時，她總是寫很久。就像那時剛開始用日文工作的我一樣，每一次，她都會很有禮貌地請我幫她修改，而每修改一次，我就很明顯地感受到她的進步。

日本人也不是天生就會敬語的。多的是畢業進入職場後不知道被前輩唸過幾次，才一邊修正、一邊學習。日本書店裡也不少教日本人如何正確使用敬語的書，一邊寫電子信一邊搜尋敬語要怎麼寫的，其實不單只有我們外國人。對日本人來說也很困難的敬語，能把它學會、學好的我們，真的可以感到驕傲與自豪。

COLUMN

與其心生敬佩，不如自己便是那樣的人

經常有讀者問我：「春小姐，妳曾經迷茫過嗎？感覺妳一直都很有方向跟目標。」事實上，我覺得人生並沒有所謂的目標可言，如果有，那就是好好活著，不要輕易死掉。只要活著去體驗跟感受，美好的事必然會降臨。

二十五歲時，我覺得人生應該要有明確的目標和夢想。「不知道自己要做什麼」的迷茫，在現代社會似乎是一種不被允許的狀態。我當時問了很多職場的前輩，他們的人生目標是什麼？我聽過一個讓我印象深刻的答案：「我想成為別人的生命導師。」我才知道，所謂的人生目標，不見得是追求物質財富，也很有可能成為一種身分、一種狀態、一種自我認同。剛開始我學日文、想辦法去留學，主要也不是因為我「超級喜歡日本」，或是有什麼合乎邏輯的理由，我最初只是「不想變成半調子的人」。當時的我，選擇了看起來還算喜歡的事去做，並想辦法把它做到最好。後來，對我來說，練瑜伽也是同樣的道理，明明超討厭運動後的疼痛跟疲憊感，但忍耐著，一年的練習就過去了，慢慢變成一種理想的狀態。

我想，迷茫的人，往往都忽視了來自宇宙的信息。信息就在你的腦海裡，比方「啊，好想成為瑜伽老師」、「好想當花藝師」等等。總之，這些看似不經意來自腦海的念頭，我們總不願意花時間與成本去做。明明除了工作之外，還有一些算得上感興趣的事，不知道為什麼就是沒有去做。沒去做，卻覺得自己很迷惘，這樣不是很奇怪嗎？世界正在向你明示，只是人往往覺得自己辦不到。我會說，先不要想自己辦不到，先想著怎麼排除那些辦不到，你就會看到想做的事一個接著一個來，排除困難的同時，也令人感覺不安和沮喪。這是一種必然，也許你會葬送好幾盆盆栽、搞爛很多花材、浪費掉很多緞帶，然而，所有的挫敗，都是為了成就自己。

我發現，身邊那些厲害的朋友，往往都很能忍耐。忍耐無聊的練習、忍耐沒有辦法馬上看到成果、忍耐身旁的人的輕視與看不起、忍耐自我懷疑、甚至是忍耐有毒的家人，學著讓自己專心致志。我有個朋友想做水族造景，沒經驗的他不顧家裡反對，辭掉公務員去水族寵物店打工，每天光清理魚缸、扛土扛飼料袋就夠他受。休假日還得爬山拍攝山景，作為水族造景的靈感。甚至是上山去找合適的水草。還有個朋友辭掉多年穩定的工作，開始學習學院派占星，一邊為了維生生活四處打工，一邊面對高壓的課程跟堆得像山的作業。

我的愛劇《甄嬛傳》有句話讓我印象深刻：「與其心生敬佩，不如自己便是那樣的人。」

但凡千里，始於足下。

尾聲

學日文的浪漫與現實

在寫這篇時，剛好我很期待的動畫《葬送的芙莉蓮》開播了。《葬送的芙莉蓮》講述在勇者一行人打敗魔王後，長壽精靈族的魔法使芙莉蓮，在勇者欣梅爾死後發生的一連串故事。而另一則消息因為太過振奮人心，在網路上瘋傳。那就是台灣職業棋士許皓鋐在杭州亞運圍棋項目，打敗世界前三強棋士奪下金牌，這個世界排名第三十五的選手，連續擊敗世界第一、第二的韓國棋士申真諝、朴廷桓，成了最不可思議的黑馬。被說「金牌純度極高」、靠實力獲勝的許皓鋐老師，拿到金牌時一臉淡定的表情讓網友們覺得十分有趣，封他為真人版棋靈王。他在幼稚園就開始學棋，發願要擊敗全世界最厲害的人，夢想達成後仍能客觀檢視自己的實力，回家後仍會繼續他的操練。而主角芙莉蓮踏上了新的旅程，她和勇者一行人過往的冒險經歷，都成為她新生命價值觀與哲學，接下來的日常，在她眼裡就變得不同。

在經歷考完檢定、完成我想用日文工作的夢想之後，大概就是這種感覺。要不踏上全新的旅程，或是回歸日常操練。若感覺無聊或發現不足，再按著自己的想法重新來過。要是旅途中發現了新的目標，就嘗試著去做。要是做了後發現和自己預期的不同該怎麼辦？那就請抱著最壞的打算去做吧。不論想做什麼，亙古不變的至理名言是「途中肯定會有爛事發生」。比方被生了病的父母親情緒勒索。我曾遇到讀者問，家有長輩要照顧怎麼辦？想去留學可不可以？去啊，為什麼不呢？短期進修回來再繼續照顧父母也可以，父母老了要不要親自照顧的問題，是前人留下的專制枷鎖。子女能做的是量力而為，而不是無限上綱。解決方法總比困難多，這世界上有什麼他人的事，是非自己不可的呢？有人因為另一半要出國留學而想去死，有人因為身邊塑料姐妹花輕蔑的言語而自卑感爆棚。有段時間，你肯定會因為這些事，過得又爛又慘。有時是身體上的折磨，有時是心理上的折磨。先接受自己現在看起來很慘的模樣吧，然後奮力逃跑，拋棄那些本是自己不願，但沾染在自己身上的。學著去重視自己，讓自己成為自己的最優先。

也許你會不屑或好奇，不過就是學日文而已，有這麼誇張嗎？嗯……我想你說的沒錯。這件事不見得一定要是學日文，而對我來說，剛好是學日文而已，對他人來說，也許是不同的樣貌或形式，比方健身、比方家庭、比方工作，在各領域中找到興趣與喜愛並付出、澆灌。

學習日文並實際應用的這件事，是我個人生命的質變。擁有這項新技能的我，和只會一種語言的人生的我相比，有了過往沒有的視野與新感覺。這種新感覺是一種神奇的豐盛力量。有了「啊，原來自己是做得到的」的富足意識，而意識能夠讓人發生劇烈變化。人透過成功與挫敗交織的經驗，戰勝後倒下、倒下後戰勝的苦痛，才能感到自己是「有能且豐盛」的生命，這是一件非常神奇的事。以前我有很多無法達成的夢想，每天光想著哪天可以實現，卻從沒有想著要去做。現在則彷彿擁有了能清楚描繪未來風景的能量，那種能量是我肯定會做到的信念。

而信念，是不知道方法，但絕對會發生的一種純粹。

我只想盡我所能地去追逐我想做的事。我也不總是那個做得最好的學習者，或是成績最優異的那個人。也曾花了不少冤枉錢買書，才找到自己想要的。人生第一次留學就遇到新冠肺炎疫情，回國路變得複雜又困難。想用日文找工作時日檢又剛好停考，但也讓我把市面上幾乎所有的日檢考試都考了一輪。被朋友笑說就算留學回來也不會有什麼改變。即使到現在，我有時還是會對自己的日語能力不夠有信心，也曾受到不少打擊或吃鱉，歷經過無數次自我懷疑。但只有一件事我很清楚，那就是——學日文對我來說，從來就不單純只是學日文而已，更像是一場生命的昇華修煉，必須接受一次次現實的打擊，這趟旅程才顯得浪漫無限。

我想起我十九歲的大學生活，是一種因年輕所以能夠的奢侈。

當時我會花四小時跟同學在放學後鬼混什麼也不做，躺在同學的租屋處床上滑手機，等朋友把作業做完。然後深夜十一、十二點不睡覺，和朋友在餐廳吃宵夜，再夜唱熬夜到天亮，或花三、四個月跟學長曖昧等等之類。我曾傻傻地以為那些人會帶給我什麼改變，但其實什麼也不會發生。那些一起鬼混的朋友，現在一個也沒有聯繫，好像有點好感的學長，也沒有發展成幻想中的戀愛。花在他人身上的時間，並不會積累成為自己的一部分，沒有透過思考與親身經歷，皆無法成為回憶裡豐富的篇章。那個時候的我，應該是最差版本的自己吧。畢業後，才知道「時間是財富」並非虛言，體驗、努力、嘗試、挑戰過的所有事，是為了成為自己喜愛的自己。那刻我才了解如何去珍惜，珍惜並不是捨不得浪費，而是因為重視，所以不忍心糟蹋，懂如何善用世上最公平的、最殘酷理性、只朝死亡和終點流淌的資本。

我在日本留學時最喜歡的，其實是騎腳踏車到離學校有點距離的超市的那二十分鐘。

明明有走路五分鐘就可以到超市，我還是會去比較遠的那一家。一月的大阪有點冷，偶爾會飄起細緻且柔軟的雪，這時候，我會用力踩腳踏板全力加速，讓雪打在我的臉上，刺痛卻有點好玩。頂著紅紅的鼻子，進到開著暖氣的超市。買一盒切好的盒裝水果，一個紫蘇飯糰和一瓶熱呼呼的瓶裝焙茶。再牽著腳踏車，到一處空地，那處空地通常都會有孩子在踢足球。看著踢足球的孩子，邊品嚐紫蘇複雜的酸甜味與淡淡的肉桂、薄荷香，柔和米飯與唾液產生的甜味，是我在讀書之餘的療癒時光。我很常思考自己未來想要過什麼樣的生活、現在該做什麼樣的行動。當時的我，正在嘗試理解該如何不依循他人的道路，掌握自己生命的方向盤。

學習日文的這趟旅程，就像我的師父一般。讓我理解什麼是不可輕言放棄的專注修行，成長帶來的啟發是知道「萬事萬物都需要時間」，能懂得無聊和有趣時常並存、能理解堅持努力才能有所收穫。這場日文修行，是懂得不糟蹋時間、努力練習養成紀律、最後歡喜收穫的寫實紀錄片。

若你從未經歷過這樣的修煉，肯定會懷疑宇宙是否真的存在這種神奇。

但我認為我的存在，是為了呈現這項信念的模樣，被人看見並使其受到鼓舞。使獲得共感的人，踏破舒適圈，準備接受這宇宙的挑戰和生命最好的安排。

如同我在開頭所寫的那樣，我會大膽預言，你已經準備好承受豐盛來襲。

國家圖書館出版品預行編目（CIP）資料

勇敢踏上日文學習之路！／春小姐著. -- 初版. --
臺北市：日月文化出版股份有限公司, 2024.02
192 面；14.7×21 公分（EZ Japan 樂學；33）
ISBN 978-626-7405-19-2（平裝）

1. CST: 日語　2. CST: 讀本

803.18　　112020991

EZ Japan 樂學／33

勇敢踏上日文學習之路！

作　　者：春小姐
主　　編：曹仲堯
責任編輯：吳婀穎、林詩恩
裝幀設計：Bianco
內頁排版：張靜怡
行銷企劃：張爾芸

發 行 人：洪祺祥
副總經理：洪偉傑
副總編輯：曹仲堯
法律顧問：建大法律事務所
財務顧問：高威會計事務所

出　　版：日月文化出版股份有限公司
製　　作：EZ 叢書館
地　　址：臺北市信義路三段 151 號 8 樓
電　　話：(02) 2708-5509
傳　　真：(02) 2708-6157
網　　址：www.heliopolis.com.tw
郵撥帳號：19716071 日月文化出版股份有限公司

總 經 銷：聯合發行股份有限公司
電　　話：(02) 2917-8022
傳　　真：(02) 2915-7212
印　　刷：中原造像股份有限公司
初　　版：2024 年 2 月
定　　價：320 元
ＩＳＢＮ：978-626-7405-19-2